LE ROI-NU-PIEDS

François d'Epenoux

LE ROI-NU-PIEDS

Éditions Anne Carrière

Du même auteur
chez le même éditeur

Gégé, 1995
L'Importune, 1996 ; prix du Lions Club International 1996
Danemark Espéranto, 1998
Deux jours à tuer, 2001 ; adapté au cinéma en 2008 par Jean Becker
Les bobos me font mal, 2003
Les Papas du dimanche, 2005 ; adapté au cinéma en 2012 par Louis Becker
Gaby, 2008
Même pas mort, 2010
Le Réveil du cœur ; prix Maison de la Presse 2014
Les Jours areuh, 2016
Le Presque, 2018
Les Désossés, 2020

ISBN : 978-2-3808-2268-7

www.anne-carriere.fr

À toi, mon grand fils

Prenons racine dans les bois
Enfants naïfs ou hors-la-loi
Les quilles plantées dans un ruisseau

Écoute chanter ce drôle d'oiseau
Il nous invite un peu plus haut
À partager nos idéaux

Polo & Pan
« Canopée », 2017

I

Des jours et des jours que le volcan Soleil était en éruption. Là-haut, sa bouche bien ronde crachait sans relâche une lave bouillonnante, dont les coulées jaune d'or dévalaient d'infinies pentes bleu roi. Comme chaque été, ce Vésuve céleste avait repris son activité. Et comme chaque été, ses langues incandescentes semblaient ensevelir toujours plus puissamment le paysage. Au zénith, pas âme qui vive, rien ne frémissait, rien ne tremblait, sinon les vapeurs de chaleur au-dessus du bitume, lequel paraissait lui-même en train de se ramollir, plus mou que la résine perlant au tronc des pins. « Des pins grillés », rigolait Mamine.

Oui, dans les environs, toute chose semblait avoir été foudroyée net, pétrifiée : les routes, les dunes, le sable, les genêts, les mimosas poussiéreux. Les gens. Y compris le lac, de plomb fondu. Y compris, qui sait, l'océan, dont on n'entendait plus le murmure lancinant – peut-être, lui aussi, avait-il été statufié en désert de roches. Entre deux lentes expirations de la terre, qui faisait monter, exténuée, son haleine chaude vers le ciel, seules les cigales jouaient de leur crincrin, histoire de mieux donner à ce coin du Sud-Ouest un air de western local.

*

C'est par cette journée de feu que tu as décidé de t'annoncer. « Il arrive », a soudain lancé Mamine, le nez sur son smartphone, et tout le monde a compris.

— Mais quand ? ai-je réagi, à tout hasard.

Ma mère a consulté à nouveau son écran.

— Ce soir, en stop, avec Tania et le chien.

On était début juillet, un jeudi.

Aussitôt, dans la torpeur ambiante d'après déjeuner, un vent s'est levé – celui d'une légère panique. D'ailleurs, moi aussi je me suis levé, et sans la moindre raison. Anna, elle, a choisi de foncer droit vers la cuisine, pour faire quelque chose, n'importe quoi, mais quelque chose. Quant à Hugo, il souriait, déjà gagné par l'excitation des enfants : entre lui et son grand frère, ce n'étaient pas tant les dix-sept années d'écart qui posaient problème, ni le fait que toi et lui soyez nés de mamans différentes, non, c'était plutôt les semestres entiers de distance et de silence qui cloisonnaient nos vies. Alors, te voir débarquer comme ça, à l'improviste, c'était Noël en plein été. Finalement, il n'y a que Mamine qui a gardé son calme : ce n'était pas à soixante-dix-huit ans qu'elle allait se mettre la rate au court-bouillon pour un petit-fils un peu marginal. Marginale, elle l'avait été elle aussi, à sa façon. « Il arrive », sans prévenir, oui, bon, et alors ? Réjouissons-nous, voilà tout.

De fait, en fin d'après-midi, tu es « arrivé ». Au détour de l'allée, derrière les maisons, nous avons entendu une voiture s'arrêter, un échange de voix, des portières claquer, et la voiture redémarrer. Ce qu'il restait de bruit dans la nature s'est soudain tu – et nous aussi. Nous étions comme à l'arrêt. Mieux : à l'affût. C'est alors que tu es apparu le premier, ton éternel sac marin kaki en bandoulière. Flamboyant. Royal. Voire impérial. Oui, c'est ça que je me suis dit, et tout le monde pareil, j'imagine, en te voyant : même en guenilles, les pieds nus et tes cheveux roux en bataille, le pantalon de treillis huileux, le T-shirt taché, déchiré et tagué au feutre, tu avais de l'allure. Une drôle de gueule, mais une gueule folle.

Tu t'es approché. Une barbe clairsemée, encore assez duveteuse, mangeait tes joues par endroits. Mais c'était surtout ce qui te tenait lieu de coiffure qui m'intriguait. Tu portais une coupe paradoxale, contrariée, qui n'obéissait à aucune logique, avec des mèches si plaquées qu'elles semblaient constamment mouillées, et d'autres hérissées en pointes dures. L'ensemble donnait l'impression d'un shampoing interrompu. C'était anarchique, bizarre. Mais tu avais beau faire, ton apparence globale de punk à chien n'y changeait rien : couronné d'or et du haut de ton mètre quatre-vingt-douze, tu avais tout du clochard céleste. Un roi aux pieds nus, en somme, à l'image de la Comtesse de Mankiewicz.

Du reste, comme tout souverain qui se respecte, tu avais ta suite : une petite brune en sarouel et sandales, visage délicat, regard lumineux, peau mate, belles dents blanches, cheveux teints au henné, Tania, donc ; et un chien immense mais avenant, au poil ras parsemé de taches feu, précédé d'un long museau qui invitait aux caresses. Dans ton regard miel, j'ai vu que tu savais, quand même, l'effet que ce spectacle produisait. Tu as eu un sourire, le premier depuis longtemps.

— Eh ben... quel comité d'accueil...

C'est vrai qu'alignés ainsi en rang d'oignons, nous devions avoir l'air de gens de maison accueillant leur lord sur le perron d'un manoir écossais. Mais de manoir, point. La maison sous les pins était bohème à souhait, meublée de façon hétéroclite, remplie des mille et un objets de hasard qui avaient terminé entre ses murs, cadeaux de mariage au rebut, meubles démodés, tissus défraîchis. L'ensemble lui conférait un charme particulier, un peu suranné, jamais figé dans le passé, bien au contraire. Plutôt mouvant, entre deux eaux. Mamine l'appelait « la Maison Bateau », tant elle avait déjà transporté de vacanciers au fil des étés. L'étrave de son vieux mur en angle semblait repousser, sans fatiguer, l'énorme vague de la dune. Pour un peu, on aurait décelé un sillage de sable à sa poupe, laquelle battait pavillon pirate à grands claquements de serviettes de plage suspendues aux cordes à linge.

Quant au lord, on en était très loin aussi : à la seconde où je t'ai approché, puis embrassé, la majesté qui t'avait auréolé en a pris un sacré coup. Pardon, mais tu sentais quand même assez fort, mon Niels. De tes mèches poisseuses à tes orteils noirs, ta grande carcasse exhalait un mélange de sueur, de bière, de poulet tandoori, de chien mouillé, de vêtements pas frais, que sais-je encore. Tania s'y était faite, j'imagine. Elle, elle sentait le patchouli, c'était un peu trop puissant pour être honnête, mais rien de bien méchant. Juste les effluves d'un voyage un peu long.

— C'est pas possible, tu as encore grandi, t'ai-je lancé d'une voix enjouée. Fais voir ?

Selon un rituel bien au point, nous nous sommes collés l'un à l'autre, dos à dos. À la toise, tu me mettais au moins cinq centimètres dans la vue. Et encore, sans compter ta fameuse masse de cheveux aux reflets cuivrés, que tu ne tenais pas de moi – j'étais châtain. Les différences ne s'arrêtaient pas là. Toi, tu paraissais d'autant plus immense que tu étais fin, élancé, là où de mon côté je m'étais enrobé. Mes joues étaient pleines, les tiennes creusées, mes yeux étaient brun-vert, les tiens caramel, ma peau était un peu burinée par les années, la tienne d'une blancheur pâle de porcelaine. Tu te tenais un peu voûté et il y avait dans ton expression quelque chose de défiant. Je t'ai passé un bras autour des épaules, dans un geste maladroit, histoire de marquer le coup. Cérémonie inutile : à cet instant précis, le chien a décidé d'enfoncer son museau entre mes jambes, puis de le soulever brusquement, comme un taureau. Matador pris par surprise, j'ai failli chuter en faisant semblant de rire. Ne pas gâcher la fête, surtout. Ça démarrait fort.

— Il s'appelle comment, déjà ? ai-je chevroté, reprenant pied.

— Vaggy, as-tu répondu avant de gourmander gentiment ton molosse.

— OK… eh bien… bienvenue, Vaggy. Et bienvenue à vous tous. Vous avez soif ?

— Un peu.

— On vous a mis dans la chambre à bateau, a lancé Mamine, empressée.

Et Anna de confirmer :

— Pour le chien, c'est mieux.

Attenante au garage, la chambre à bateau était la seule qui possédait son entrée directe sur le jardin. On pouvait y cocotter tout à son aise, ça ne gênait personne, sauf peut-être, les araignées et les mulots. L'endroit avait son lit double, sa penderie, son lavabo. Mon père s'y réfugiait quand il n'en pouvait plus des mômes. Un jour, j'y avais trouvé une bouteille de whisky et un début de manuscrit – excellent l'un comme l'autre. Cher papa, s'il avait vu quel spécimen était devenu ce petit-fils qu'il surnommait le Prince Anglais !

Voilà, ça a commencé comme ça. Avec un brin de fébrilité dans l'air, des gens qui veulent bien faire, la joie sincère des retrouvailles, l'envie de sauver ce qu'il y a à sauver : un reste de relations familiales, quelque chose qui tient du lien du sang et des souvenirs en commun. Bien sûr, les uns et les autres nous forcions un peu le trait. Comment faire autrement ? Il s'agissait de ménager les nouveaux arrivants, de ne pas aborder, en tout cas pas trop vite, les sujets qui fâchent. Nous marchions sur des œufs – en ayant tous en tête qu'on ne fait pas d'omelette sans en casser.

Depuis quand ne nous étions-nous pas croisés ? Presque un an et demi... physiquement, du moins. Car entre-temps, je t'avais revu, par hasard et par écran interposé, de la plus étrange façon. C'était en mai de l'année précédente. Il y avait déjà des semaines que tu avais disparu des radars. Tu avais « créché » (*sic*) ici ou là. Untel t'avait aperçu avec les gens de Nuit Debout, place de la République... Puis plus rien. On avait perdu ta piste. Pas de réponses aux appels, aux SMS, aux mails. Ta grande sœur Jade et ta cadette Line n'en avaient pas non plus, à leur grande tristesse. Et pourtant, nées comme toi de mon premier mariage, elles avaient chacune pour toi une tendresse particulière. Comme moi, elles se faisaient un sang d'encre. De mon côté, je scrutais les journaux, les unes de la presse. Chaque fois qu'un SDF était retrouvé mort dans un fossé ou le long d'une voie ferrée, j'étais persuadé qu'il s'agissait de toi.

Et puis le miracle était survenu, un soir d'août. En attendant le journal de 20 heures – je n'en manquais pas un, et pour cause –, ta petite sœur Line, Anna et moi regardions distraitement une nouvelle émission sur Canal Plus. Ça s'appelait Canal Bus. L'idée consistait à envoyer une bande de joyeux drilles, à bord d'un minibus, explorer en caméra cachée les confins de la France profonde. Avec, en toile de fond, sous couvert d'ouverture à la province, un mépris social que la démagogie de façade ne parvenait pas à maquiller. Destination du jour : la ZAD de Notre-Dame-des-Landes. J'avais mis le volume plus fort et avancé ma chaise d'un cran.

Je n'avais pas été déçu. À peine descendus de leur combi flambant neuf, les bobos en goguette s'étaient surpassés. C'était à qui aurait le mot le plus mordant, la blague la plus ironique. Le premier zadiste venu s'était vu ensevelir sous les sarcasmes.

— Ben alors, à quand un ZAD-Land sur le modèle de Disneyland ? Avec une grande roue en palettes recyclées et des glaces au fromage de chèvre ?

Rires gras et entre soi. Ils étaient si pittoresques, ces gueux en dreadlocks, chevelus et crottés. Vivement le retour à Paris et les bars à cocktails de South Pigalle. C'est alors que la caméra s'était aventurée dans une sorte de grand hangar, visiblement la Maison collective de la Zone. Des types s'affairaient au fond.

— Vous allez voir qu'on va voir Niels, avais-je lancé pour plaisanter, mais pas que.

Bonne pioche : je n'avais pas fini ma phrase que tu apparaissais à l'image, visage flouté, derrière une table à tréteaux. En train de peler une pomme. Muet.

Là, c'est moi qui en étais resté sans voix.

Tu portais le T-Shirt que je t'avais offert en Espagne, pendant nos dernières vacances ensemble – c'est idiot, mais ça m'avait fait plaisir. Cela dit, même sans ça, tu penses bien, je t'aurais identifié au premier coup d'œil. Ce halo de feu autour du visage. Ce teint pâle. Cette posture un peu nonchalante, ce bras fin, appuyé sur la table. Cet angle du coude. Ce flegme. On reconnaît son garçon entre mille.

Les minets de Canal, dans leur petit slim bien coupé, avaient redoublé de railleries. Je souffrais pour vous, pour tes amis, pour toi. D'abord longtemps silencieux, tu avais perdu patience et tu avais répondu, calmement mais agacé. Le ton était monté, la fine équipe avait battu en retraite. En entendant ta voix, j'avais eu envie de pleurer. Avec ton T-Shirt bleu arborant un scooter et ton couteau à pomme levé comme un stylo, tu étais vivant, et en bonne santé. Oui, ça tenait du miracle.

L'émission terminée, je t'avais écrit un SMS :

Je t'ai vu sur Canal, ce reportage à la con, pourquoi tu ne m'as rien dit ? Je suis heureux, tu avais l'air bien, je respecte tes convictions. Je t'embrasse fort. Appelle-moi. Papa.

Et puis les mois étaient passés. Sans que tu me fasses signe.

*

Mais à présent tu étais là. À Lacanau. Avec nous. Tu avais choisi de venir, en compagnie de ta chérie. C'était déjà beaucoup.

Je connaissais ta susceptibilité, loin de moi l'idée d'être intrusif. Ou indiscret. J'ai attendu le soir de ton arrivée pour savoir comment Tania et toi étiez logés sur la Zone.

— Et donc, vous vivez où ?

La question avait été volontairement posée sur un ton neutre, dénué de la moindre malice. Tu as eu la gentillesse de la prendre comme telle, avec une simplicité qui était tout à ton honneur, signe – je le notais en passant – d'une maturité nouvelle. Nous en étions au déca. Devant les reliefs d'un dîner au cours duquel tu avais mangé comme quatre, tu m'as répondu en te balançant un peu sur ta chaise, comme tu l'avais toujours fait.

— Des copains m'ont aidé à construire une cabane. On s'y est tous mis, ça a pris une bonne semaine.

— Sympa de t'avoir aidé.

— Chez nous, la solidarité, ça fait partie des valeurs. Pour eux, c'était naturel. Depuis, j'ai rendu la pareille.

Là-dessus, tu as sorti de ta poche quelques photos, des vraies, à l'ancienne, un peu écornées. Tu semblais les avoir préparées, et ça m'a ému. Impossible pour toi de les faire défiler sur l'écran d'un smartphone, tu n'en avais pas. Ton portable était un Samsung ancien modèle, absolument incassable. De ceux que possèdent en général les dealers – pour des raisons évidentes –, mais aussi les bûcherons, les chauffagistes, les préposés aux remonte-pentes dans les stations de ski. Ou encore, je ne le devinais que trop, les zadistes qui n'ont pas envie d'être tracés par les flics.

Le genre d'engin que l'on peut laisser trois jours sur une table de café sans que personne n'y touche.

— Tiens, regarde, as-tu poursuivi... C'est là.

Les clichés montraient un bâti de planches et de bâches bleues, percé de fenêtres récupérées, donnant sur une terrasse composée de palettes de chantier. Il était joliment situé, en surplomb d'un chemin creux, à l'ombre d'un chêne majestueux qui semblait garder de sa haute stature une prairie champêtre, accueillante, typique du bocage vendéen.

— Tu vois, là, c'est la pièce à vivre... J'ai sauvé un canapé des encombrants, nickel, les gens jettent n'importe quoi... Là c'est l'espace couchage... Pareil, j'ai restauré des châssis de fenêtre trouvés dans une décharge... Et là, c'est une sorte d'appentis, s'il y a des copains qui viennent... ou des sans-papiers...

— Des sans-papiers ?

— Oui, il en passe... Des migrants, aussi... On les aide...

— Ah... faites gaffe quand même...

— T'inquiète. Bref, on est super bien. Y a même un poêle à bois... Ça, c'est un copain paysan qui nous l'a refilé, il ne s'en servait plus. Et tu as vu, là ?

De ton majeur tu as désigné des bouteilles d'un beau vert translucide, artistiquement enchâssées dans les murs. Puis tu as poursuivi :

— C'est moi qui ai eu l'idée. Ça fait comme des vitraux. C'est bien, non ?

C'était beau, oui. Bien pensé. Chaleureux. Ça ne m'étonnait pas, tu avais toujours été artiste, adroit, excellent dessinateur. Enfant, tu pouvais rectifier à ton goût un centre de table qui ne te convenait pas. Sous mes yeux, les photos se succédaient entre tes doigts comme les cartes d'un magicien qui coupe et recoupe le jeu avant un bon tour. Tu m'avais eu. Tu semblais vraiment heureux. Mieux : fier de ton choix. Fier de ta cabane construite avec tes potes. Un type m'aurait montré sa nouvelle villa d'architecte à Porto-Vecchio que je n'aurais pas décelé autant de lumière dans son regard. Tu semblais toi-même ne pas en revenir d'avoir construit ce logis de tes mains. Au gré de tes mouvements, tes bracelets en jonc coulissaient sur tes poignets fins, tes poignets d'ex-citadin de bonne famille devenu paysan.

— C'est bien, dis donc, ai-je déclaré sans enthousiasme marqué.

Sans doute, inconsciemment, avais-je à cœur de ne pas te donner trop vite de gages d'adhésion. J'ai demandé dans la foulée, les sourcils froncés :

— Mais l'hiver... vous n'avez pas froid ?

— Non ça va...

— Un peu quand même..., a déclaré une petite voix, te coupant la parole, et l'herbe sous le pied par la même occasion.

Tania a poursuivi, soudain enhardie :

— En plein janvier, on a eu de la neige... Déjà qu'il fait humide dans les marais... là on s'est vraiment gelés. On se couchait tout habillés sous trois épaisseurs de couettes, ça ne suffisait pas, les draps étaient mouillés de froid. Et le matin, on cassait la glace dans le seau. En plus, le bois n'était pas sec, ça fumait dans le poêle.

— Et un radiateur électrique ? ai-je demandé innocemment.

Tania a décidé de faire fi du regard désapprobateur que tu lui lançais, toi, son mentor. Elle s'est jetée à l'eau, gelée ou pas.

— On pouvait se raccorder à la ligne EDF à l'arrache, mais… Niels n'a pas voulu.

— Par honnêteté à l'égard d'EDF ? j'ai rigolé, ironiquement cette fois.

Tu as pris la parole, soudain énervé.

— Par honnêteté intellectuelle. Par solidarité avec ceux qui n'ont rien. Les SDF, les rejetés, les déracinés, tout ce que tu veux.

— On a des bougies, on se débrouille, a repris Tania. Mais le froid la nuit, ça, c'est terrible. Impossible de dormir. Ça ne s'en va pas. Ça vous prend et ça ne vous lâche pas.

Elle avait sans doute raison, mais j'étais triste pour toi. Ton merveilleux tableau bucolique, avec voisins solidaires, coquelicots et prairies pittoresques venait de subir un barbouillage en règle.

— Faut pas exagérer, as-tu soupiré. En général, c'est supportable… J'ai mis des bouchons de papier journal dans les ouvertures…

— Et puis à la rentrée, y a le Saint-Maclou de Nantes qui va nous donner des chutes ! Chez nous, bientôt, y aura la moquette, a complété Tania, dans un souci de réconciliation.

Elle t'a souri, toi aussi. Entre vous, le calumet de la paix venait d'être échangé. Le calumet, ça m'allait bien, ça changeait du cannabis dont l'odeur sucrée – je m'en rendrais vite compte – allait chaque jour empester dans toute la maison.

Les jours ont passé, démontrant bel et bien que le problème, c'était ça, en fait : la beuh, la weed, l'herbe, je ne savais pas comment la nommer pour ne pas faire vieux-qui-veut-faire-jeune, comme dans le sketch de Bedos et Dabadie (« Tu veux un chewing ? À la chloro. »). Pas un petit joint festif de temps en temps, histoire de se détendre, non, là on parlait d'un mode de vie, d'un réflexe, d'une nécessité pour commencer la journée, la vivre, la terminer. Même si tu t'en défendais, les pétards t'explosaient les neurones, te mettaient les yeux pas en face des trous.

Ça t'avait pris au lycée, comme une envie de pisser fluo, et depuis ça ne t'avait plus quitté. De mauvaises influences en mauvaises rencontres, tu t'étais fait gauler avec un peu trop de marchandise sur toi pour qu'il puisse ne s'agir que de consommation personnelle. Nous t'avions inscrit en pension, en terminale, pour tenter de sauver les meubles. Mais en pension, ça avait continué, en planque derrière les hauts murs, tradition oblige. Cette fois on commençait à prononcer les mots de tribunal, de juge d'application des peines, de travaux d'intérêt général, de casier judiciaire. JAP, TIG, CJ, tu devenais aussi accro aux acronymes.

Bref, à Lacanau, cette fumée âcre remplissait la maison et te vidait le regard. Pas toujours, non, mais souvent. Pour ma part, elle me piquait sacrément les yeux. J'étais accablé de te voir comme ça traîner tes grands pieds à côté de ton grand chien, de ne même pas te rendre compte que tu vivais ta vie à contretemps. Nous laissions le petit déjeuner à votre disposition, mais à midi passé, le beurre fondait au soleil et les guêpes s'agglutinaient sur les pots de confiture. C'était plus fort que toi, il fallait que tu descendes avec Tania quand bon te semblait, comme un roi que tu n'étais déjà plus à mes yeux, ou alors le roi des égoïstes. Bon sang, tu ne voyais donc pas tout ce que nous faisions pour être conciliants ? Tu ne voyais pas que l'on t'aimait, que l'on se pliait à tes quatre volontés dans l'unique but de te ménager, de préserver cette grâce qu'était ta présence parmi nous ?

Un jour, alors que vous aviez mis la table, vous attendiez la suite des événements tandis qu'Anna finissait de préparer le repas. Entremêlés et immobiles, Tania toute béate et toi l'enlaçant de tes immenses bras, vous aviez l'air d'un couple de paresseux qui vient de repérer des feuilles de cecropia. Sans te dessouder du corps de ta moitié, tu as alors demandé à ta belle-mère :

— Anna, qu'est-ce qu'on peut faire d'autre pour t'aider ?

Et elle de te répondre, mains jointes et intonation suppliante :

— Prendre une douche.

Ça lui était sorti du cœur. Bon prince et bonne princesse, vous vous étiez exécutés sur-le-champ, prenant d'ailleurs votre douche en même temps – la salle de bains en avait été transformée en hammam. Mais le déjeuner d'après, tel le corbeau de la fable, on ne t'y a plus repris. Suivant ton idée, tu n'as rien demandé à quiconque et, pour une raison inexplicable, tu as soudain entrepris de préparer de la mayonnaise. Beaucoup de mayonnaise. Un saladier plein. Je te revois fouettant frénétiquement le mélange pour le faire monter. Attendais-tu un régiment de parachutistes pour le déjeuner ? Avec toi, je m'attendais à tout. Mais, bien entendu, personne ne disait rien. Hugo battait des mains, un grand frère qui préparait la mayonnaise aussi bien, en cas de *fish and chips* c'était décidément fabuleux. Anna souffrait et soufflait, mais discrètement. Quant à Mamine, elle s'appliquait à apaiser chaque manifestation d'impatience de ma part.

— Il est là, c'est l'essentiel, me disait-elle comme on passe un baume.

Mamine, de toute façon, avait un faible pour les parcours parallèles. Après avoir été nageuse de haut niveau dans son pays natal, le Danemark, elle avait sillonné les États-Unis en bus Greyhound, croisant sans doute à l'occasion des copains de Kerouac, avant de débarquer, à la fin des années 1950, dans le milieu interlope du Paris artiste. Autant dire que les soirées enfumées, les avant-premières underground et les petits matins à discuter avec des journalistes qui avaient bu un verre de trop, elle avait connu. Quant au Flower Power, de loin ou de près, elle en avait sans doute cueilli quelques brassées – qui pouvait y échapper, à l'époque ? À travers toi, elle en humait encore le bouquet, par bouffées entières tout droit remontées de sa jeunesse.

*

— Pourquoi tu marches pieds nus ? t'a demandé Hugo un jour dans la voiture, alors que nous roulions vers la mer.

— Parce que j'suis un beatnik...

— Moi aussi je veux être beatnik ! a répondu ton petit frère.

À Lacanau-Océan, les braves baigneurs et les bons bourgeois se retournaient sur toi. Un zonard marchant pieds nus, indifférent aux mégots, aux chewing-gums écrasés et aux traces de pisse, ça ne se voyait pas souvent par ici. Les mêmes me regardaient avec un mélange d'admiration et de commisération : avec mon short blanc, mon polo, mes espadrilles et ma bonne mine, j'avais tout du bon chrétien s'occupant d'un jeune en difficulté. Au premier coup d'œil, pas évident de savoir que nous étions père et fils. J'étais donc un type bien, consacrant une partie de ses vacances à remettre un délinquant dans le droit chemin. Chapeau.

Alors que nous attendions un panini en train d'être préparé, tu t'es assis par terre. Pourquoi ? Mystère. Je trouvais que tu en faisais trop. Sur cette promenade de station balnéaire, des bancs étaient installés tous les cinq mètres.

— Tu sais que tu as le droit de t'asseoir, t'ai-je dit en cachant mal mon irritation.

— J'aime bien le contact avec le sol.

Tania t'a imité. On ne voyait que vous. J'étais mal à l'aise. Le bon Samaritain commençait à voir rouge. J'ai réussi à me calmer. Tenir le coup. Ne surtout pas tout gâcher, tel était mon mantra.

— Et tu sais que je peux aussi t'acheter un pantalon

neuf, ai-je insisté.

Tu as ricané sous ta tignasse.

— Plus tu me le diras, moins j'aurai envie de le faire.

Pas question de me décourager. J'ai continué sur un mode plus léger.

— Pas un pantalon fabriqué par des petits Asiatiques exploités, rassure-toi. Un pantalon cent pour cent éthique, biodégradable, recyclable, recyclé, tout ce que tu veux. Avec plein d'étiquettes vertueuses dessus. Ça coûtera ce que ça coûtera.

— Un pantalon de bobo, quoi. Un truc qu'on trouve dans le Marais.

— Juste un pantalon. Propre.

Toujours assis par terre, tu m'as regardé presque gentiment.

— D'occasion, je ne dis pas. C'est fabriqué, c'est là, ça existe, alors autant le porter. Mais pas un pantalon neuf, papa. Il y a largement assez de choses sur Terre pour ne pas en rajouter. Les usines, faut arrêter. À peu près tout peut être recyclé, réparé, récupéré. Merci quand même.

— De rien.

Nous irions donc, quelques jours plus tard, à la Croix-Rouge du Porge te dénicher un pantalon en toile à dix euros. Il t'irait comme un gant. Aucun mérite, un rien t'habillait. Je devais me le tenir pour dit : seules ces seconde main, par ailleurs impeccables, trouvaient grâce à tes yeux. Ce qui ne t'avait pas empêché, une demi-heure après cette grande tirade, de faire un drôle de choix chez le glacier.

— Nutella, s'il vous plaît.

— Hein ?

Anna en avait avalé son cornet de travers.

— Nutella ? Toi, tu choisis Nutella, Niels ? Et les orangs-outans ? Et la forêt primaire rasée pour cette saloperie d'huile de palme ?

— Booah...

Elle était estomaquée. Moi aussi. Manifestement, ta conscience écologique fondait d'un coup là où commençait le plaisir d'une boule de glace industrielle. Nutella, merde alors ! Nutella, pâte marron bien connue, symbole quasi scatologique de la boulimie capitaliste et du surpoids occidental. La dévastation, prix à payer pour devenir obèse en toute tranquillité. Si l'homme est pétri de contradictions, alors tu devais être sacrément malaxé. Pour penser à autre chose, nous sommes allés contempler le spectacle du soleil en train de décliner à l'horizon. Comme lui, j'avais envie de me coucher. J'étais fatigué.

Bon gré, mal gré, les choses avaient plutôt bien débuté, mais au fil du séjour ça s'est assez vite dégradé. Le plus triste pendant ces journées de cohabitation, c'est que pas une fois nous n'avons eu l'un pour l'autre un geste, un mot de complicité ou de tendresse. Trop de gêne et de pudeur, sans doute. Fidèles à vos habitudes, Tania et toi émergiez toujours alors que nous passions à table pour le déjeuner, à l'heure où le soleil était à son zénith, où les cigales depuis longtemps assourdissaient l'air chaud, où la ronde des moteurs, au loin sur le lac, ne se remarquait plus tant elle vibrait en sourdine depuis tôt le matin. Nous nous disions un mot ou deux, mutuellement bien disposés. Mais ni toi ni moi n'étions assez naïfs pour croire en cette fausse proximité qui, en réalité, nous tenait éloignés l'un de l'autre.

Dans une sorte de chorégraphie instinctive, connue de nous seuls, nous nous en remettions à une danse subtile faite d'évitements, de contournements, d'échappées salutaires. Tu donnais un coup de main, vidant la machine ou faisant la vaisselle, ton buste un peu penché, chemise ouverte sur un T-shirt qui ne variait jamais. Pour le reste, rien ne changeait. Pas de chasse tirée, ça gâche l'eau. Pas de douche non plus, pour les mêmes raisons. Pas de confidences. Juste, parfois, un rire partagé, nous prenant de court, nous laissant l'un et l'autre pareillement étonnés.

Il y a bien eu cette fin de journée où, amusés de nous retrouver au même moment à nous baigner dans le lac, nous avons retrouvé par réflexe nos jeux d'autrefois. De l'eau jusqu'aux genoux, encore secs et un rien frileux, nous nous tournions autour pendant quelques secondes. L'air de rien. Puis ça commençait toujours par un :

— Tu vas pas oser ?

— Bien sûr que si !

La joute aquatique débutait aussitôt, moi t'aspergeant sans relâche et toi, en retour, moulinant l'eau de tes grands battoirs jusqu'à ce que, face à face et trempés, épuisement s'ensuive. Même Tania, par discrétion, n'avait pas osé nous déranger dans ce qui ressemblait sinon à un baptême désordonné, du moins à une sorte de fête païenne célébrant les retrouvailles entre deux frères ennemis dont l'un était le père. Mais la joie était retombée en même temps que les dernières éclaboussures, nous laissant l'un et l'autre presque un peu gênés, rattrapés par nous-mêmes et par nos souvenirs. Toujours la même méfiance de deux animaux qui se jaugent.

Alors qu'avec Mamine, Anna et Hugo nous attaquions une salade de tomates ou un poulet froid, vous enfourchiez les vieux biclous rouillés réparés par ton grand-père, direction l'océan par la piste cyclable. Puis on ne vous revoyait pas avant le soir, ni toi, ni Tania, ni le chien qui vous accompagnait en trottinant, langue pendante et sourire de bon toutou. Je me demandais quels goûts nous partagions.

Pas les vieilles bagnoles. Pas le jazz – tu n'aimais que le reggae, dont la moindre note me donnait de l'urticaire. Les bouquins, quelques-uns, oui, peut-être. J'ignorais même si tu étais sensible aux jolies baigneuses qui se hissaient, ruisselantes, sur la coque de leur planche, cuisses miroitantes et fermes comme une peau de dauphin. Elles étaient belles et jeunes, musclées et pleines de vie, mais pour le peu que je me trouvais avec toi sur la plage, tu ne semblais pas les remarquer.

— Pas mal la brune, non ?

— Où ça ?

— La toute bronzée, là... avec le maillot rouge.

À vingt mètres de nous, une naïade pain d'épices nous tournait le dos. À coups de déhanchés saccadés, elle s'échinait à faire rentrer ses fesses dans sa combi mouillée, afin de pouvoir ensuite en remonter la fermeture Éclair jusqu'à la nuque. Ce tortillement insistant, cran après cran, avait le charme magnétique d'un strip-tease à l'envers.

— Ah oui..., as-tu seulement consenti à dire.

Seule Tania, réfugiée dans tes bras, éperdue d'amour, trouvait grâce à tes yeux. Elle t'amusait parfois, avec son air tombé du nid, sa fraîcheur sincère, sa façon ingénue de questionner le monde et parfois, rarement, d'aller à rebours de ta sainte parole.

Parfois aussi, toi et elle vous offriez une séance de transat en double, le chien à vos pieds. Ces chaises longues étaient le pendant des bicyclettes de la maison, branlantes et rapiécées, mille fois restaurées. Sans doute pour ces motifs avaient-elles tes faveurs. Quand tu t'y prélassais en compagnie de ta douce, il n'était pas question de t'importuner. Une fois, avec Anna, nous nous y étions risqués.

Mal nous en avait pris.

— On va se baigner un petit quart d'heure, Hugo a déjà beaucoup été exposé au soleil, vous pouvez nous le garder ?

— OK... mais alors pas plus longtemps, avais-tu maugréé en guise de réponse, sans même bouger ta tête posée sur le dossier en toile délavée, ni même ouvrir les yeux.

Avec ta belle-mère, nous avions compris le message. Le sens du service, c'était bon pour les discours. Dans les actes, c'était autre chose. Avec ton corps de faucheux, dont les coudes et les genoux émergeaient en angles du fond de la chaise longue, tu me piquais au vif. C'était sans doute réciproque.

*

La nuit, ça me travaillait. Que s'était-il passé ? À quel moment ça avait dérapé ? Grandi trop vite, poussé d'un coup, herbe folle puis plante sauvage, il faut croire que tu avais échappé à mon rôle de tuteur. Pas question pour toi de croître bien sagement dans ta plate-bande : très tôt déjà, tu avais cultivé ta différence. Rien ni personne ne pouvait t'influencer.

— Niels, tout le monde prend du gâteau au chocolat, tu prends pareil ?

— Non, aux amandes.

— Y en a plus. Regarde, il y a plein d'autres pâtisseries, tu peux choisir.

— Non merci, rien alors.

Où a-t-on vu un enfant ne pas prendre de gâteau ?

Tu en raffolais, mais tu en voulais un aux amandes, un point c'est tout. Pas de blabla, de gnangnan, de complaisance : il y avait en toi une sorte d'honnêteté, un libre arbitre qui, dès ton plus jeune âge, avait forcé mon admiration. Et parfois suscité mon agacement. Tu pouvais gâcher une partie de Monopoly par ton refus obstiné de faire des concessions lors des échanges de rues. Pas de quartier. De sorte qu'à la fin, faute d'avoir la moindre chance de gagner, les joueurs, découragés, abandonnaient la partie un à un, te laissant seul, vainqueur par forfait en train de compter tes billets. Et que dire du jeu de l'oie infernal que tu avais inventé ? Il était jalonné de tellement de pièges qu'atteindre l'arrivée était de l'ordre de l'impossible. Les dernières cases du parcours – qui en comptait plus de cinq cents – étaient littéralement minées : « revenez à la case départ », « reculez de quatre cents cases », « attendez douze tours ». Là encore, il n'y avait rien à faire : ton refus de changer quoi que ce soit n'avait d'égal que ta mauvaise foi.

Tu étais comme ça, pas étonnant que tu aies fait un choix aussi radical. Personne n'avait jamais guidé tes actes, ce n'était pas maintenant que ça allait commencer. Tu allais ton chemin. Quitte à forcer le passage, parfois, au propre comme au figuré. Un jour, à Suresnes, dans l'appart que j'avais trouvé après le divorce – un lieu neutre, pratique, déniché à la va-vite pour vous accueillir, tes sœurs et toi, le week-end –, tu t'étais faufilé en me bousculant pour ouvrir le premier la porte de l'immeuble.

— C'est moi le prem's, avais-tu rigolé, tout à ton enthousiasme d'enfant.

J'étais fatigué, usé de trop de nuits blanches, gavé de Xanax et de Deroxat, et d'un coup de patte d'ours je t'avais envoyé valser.

— Pousse-toi de là !

— Mais...

Dans ton déséquilibre, tu étais mal tombé, pile sur l'angle acéré de la poignée de porte, une saloperie de poignée en acier brossé qui t'avait entaillé la peau juste sous l'œil droit. Le regard que tu m'avais lancé en te rétablissant, je ne l'oublierai jamais. Toute l'incompréhension du monde s'y lisait. Toute l'incrédulité d'un enfant de huit ans face à un père épuisé, incapable de maîtriser ses nerfs. Quand j'avais réalisé ce qui aurait pu se produire – t'éborgner, rien de moins –, le sang avait quitté mon corps. Je m'étais senti plus froid que le métal de cette poignée, cette stupide poignée devenue lame tranchante. Bien des années plus tard, je t'avais demandé pardon. Car si je devais trouver une raison, une seule raison au monde pour laquelle ton chemin s'était séparé du mien, c'était sans doute celle-là. Le désarroi d'un enfant sidéré, œil brillant et joues rouges, blessure nette sur la pommette, qui avait en vain attendu de son père qu'il se retourne enfin pour le prendre dans ses bras, lui demander pardon et lui dire qu'il l'aimait.

C'était sûr, c'était ça, c'était là que je t'avais perdu, mon Niels. D'où ta fuite par la suite, tes chemins de traverse, tes fugues de l'école, ton mutisme ; d'où ton rejet d'un beau-père honni, d'où tes accointances avec ceux qu'à juste titre, tu avais dès lors considéré comme ta vraie famille, loin d'un papa muré dans sa maladresse. De là à te retrouver un jour dans une cabane sans porte et surtout sans poignée en acier, il n'y avait qu'un pas, que tu avais franchi avec tes grandes godasses. Tout ça, je ne le comprenais que trop, mais trop tard.

Autour de toi, à présent, rien que des champs – les champs des possibles –, d'autres cimes à atteindre, des fruits à cueillir, une terre à labourer, des oiseaux à écouter, une jeune femme à aimer, des amis à abriter, une planète à sauver, et rien ne pouvait mieux te correspondre. Rien ne pouvait mieux te faire oublier ce papa du week-end qui naguère s'y prenait si mal, sans doute, et qui jamais n'avait pu digérer le fait d'avoir à vous raccompagner le dimanche soir, tes sœurs et toi, chez votre maman, juste après le bain, en pyjama, avec dans l'air un parfum mouillé de P'tit Dop à la fraise. J'aurais pourtant voulu que tu me voies, de retour dans mon appartement vide, appartement témoin de votre présence, de vos rires, de vos cris fatigants mais irremplaçables. Tes soldats, tes Lego, tes Playmobil, tous tes jouets dispersés ainsi que ceux de tes sœurs, je refusais d'y toucher jusqu'au lendemain matin. Pas plus qu'on intervient sur une scène de crime, je ne souhaitais effacer les indices des moments que nous avions passés ensemble.

*

Ce n'était pas faute de t'aimer et de t'avoir aimé. Un jour, j'avais voulu en avoir le cœur net – bon Dieu, mais qu'est-ce que j'avais fait de si terrible ? –, revisionnant de vieilles vidéos prises sur mon caméscope. C'était édifiant. Comme tous les pères, j'avais filmé tes premiers pas, jambes fléchies pour être à ta hauteur, marchant à reculons au risque de basculer sur une boîte de Kapla ou un nounours géant, me précipitant dès que tu vacillais, commentant l'exploit avec cette voix niaise des parents qui pensent que ça aide les enfants à mieux les comprendre.

— Mais c'est bien, mon Niels... tu en fais, des progrès... c'est mon champion, ça...

Plus tard, c'est vrai, sans doute avais-je été plus sévère avec toi qu'avec tes sœurs, selon cette loi stupide qui veut qu'un vrai garçon soit élevé à la dure – un garçon, ça ne pleure pas, un garçon, ça s'ouvre un genou, ça saigne et c'est prié de ne pas se plaindre.

— Tu es tombé ? Tu as mal où ?

— Là..., et tu hoquetais en ravalant tes sanglots.

— C'est rien du tout, ça va aller, avais-je coutume de répondre en tapotant la plaie d'un coton nerveux, très vite taché de sang.

Il faut dire que ça remontait loin, cette histoire. Ça se transmettait même de père en fils. J'avais hérité cette fausse vérité de mon père, qui l'avait héritée du sien qui, sans doute, l'avait héritée de mon sévère aïeul à moustache. Chaque génération en avait souffert, mais pour autant chaque génération en avait perpétué la tradition. Et moi, je n'avais pas dérogé à la règle. Mais tout de même, est-ce que j'avais mérité ça ? Tes silences, ta distance, ta radicalité ? Si oui, alors pardon, mille fois pardon. Pardon, mais comme tu allais l'apprendre un jour, il n'y a pas d'école des parents. On apprend sur le tas, on fait ce que l'on peut avec ce que l'on a, et puis tout à coup, l'enfant qu'on filmait hier en essuyant sa morve vous dépasse d'une tête, vous répond, vous en veut, vous fait payer vos fautes, ces fautes qui n'en sont pas.

Et puis que veux-tu, tu étais tellement secret, tellement

imprévisible. Il y avait eu le divorce, d'accord, l'application rigoureuse du fameux « un week-end sur deux et la moitié des vacances » – entre nous, tu crois que ça m'amusait, tout ce foutoir ? Il y avait eu ces fins d'après-midi, le dimanche, où je voulais te parler ; et plus je te parlais, plus tu te taisais ; plus je faisais de gestes et plus tu te repliais, araignée sous la flamme. Au point qu'à l'adolescence il n'y avait plus eu moyen de te tirer un mot, que ce soit à table, après un film, une expo, un spectacle. J'avais en mémoire une journée à la cité de l'Espace, tellement révélatrice, qui t'avait laissé de marbre.

— Tu as vu le *Concorde* ? Et les avions de chasse ? Et les pionniers, avec ces avions qui ressemblent à des chauves-souris ?

Je cherchais mes mots par-dessus la barquette de frites. Déjà je ne savais plus comment te prendre. Sur le retour, je n'avais dû mon salut qu'à la musique poussée à fond dans la voiture. Tu parles d'une fête, d'une bonne ambiance. J'aurais bien pris la place du mort.

*

Cela faisait quatre ou cinq jours que vous étiez à la Maison Bateau, je ne sais plus trop. Sous la fournaise, même le temps qui passait semblait se durcir, formant une masse uniforme, sans aspérités ni repères. Nous avons organisé une soirée pizzas. Le principe consistait à les acheter à emporter, sorties du four, puis à les partager devant l'océan, en regardant le soleil se coucher. Un banc avait pour cela notre préférence, celui du poste de secours déserté à cette heure, et tandis que l'un de nous débouchait une bouteille de rosé dans un *pop* joyeux, c'était un régal que d'ouvrir les boîtes et d'en sortir les « quatre fromages » et autres « Modena ». Encore chaudes, précédées d'un fumet merveilleux de pâte cuite au feu de bois, elles étaient grandes comme des roues de vélo. Tu en as saisi une, tu en as mordu le pourtour renflé, la bouche à même la croûte, dans le mouvement exact d'un type qui gonfle une chambre à air. En fait, c'est moi que ça a regonflé.

— Ah, là je te retrouve ! Comme quand tu étais petit ! Je m'en souviens, je t'appelais Pizzator !

Cet appétit, cette voracité si incongrue au regard de ton corps maigre, je l'ai trouvée touchante. Réconfortante. C'était comme si, un instant, tu avais baissé la garde. Renoué avec ta joie d'enfant. Sans complexes.

Ce soir-là, face à l'océan, nous avons fait des photos. Vous étiez beaux, presque christiques. Les lèvres encore luisantes des poivrons et des anchois que tu avais cisaillés de bon appétit, assis sur le dossier du banc, les mains sur les épaules d'une Tania extatique blottie entre tes genoux, tu regardais droit devant vous, dans la même direction – la seule, à vrai dire, qui s'imposait à nous : celle d'un soleil carmin hésitant à toucher la ligne d'horizon, comme s'il craignait l'eau froide. Quelques secondes plus tard, c'était fait, la sphère irradiante avait disparu de moitié, baignant d'une brume parme l'immensité de la plage. Tout le monde avait retenu son souffle – naïades en paréo, surfeurs frissonnant, retraités venus promener leur chien. Il s'agissait de ne pas déranger le duo de vieux artistes dans leur éternel numéro : « Mesdames et messieurs, l'océan et le soleil, le soleil et l'océan ! » Puis arrivait d'un coup la fin du spectacle : dans un éclair de feu l'astre disparaissait, le ciel tirait le rideau et les rangées de vagues, crépitantes sur la grève, continuaient d'applaudir inlassablement.

Un tel show nous laissait toujours dans un état d'hébétude. Celui qui nous saisit après une représentation au théâtre, quand les lumières se rallument, quand il faut se lever, rassembler ses affaires et puis, tout engourdi, sortir des travées. Je t'avais regardé, attendant quelque chose. Un commentaire un peu enthousiaste, une perche tendue. Mais rien, pas un mot. En rebouchant le vin, tu avais juste laissé filer un expéditif « bon ben c'était bien ». Un peu comme autrefois lorsque c'était « mon » week-end et que vous veniez, tes sœurs et toi, dans « la maison de papa ». Nous allions au cinéma Gaumont Alésia et au moment du fameux « alors ? » après la séance, je n'entendais qu'un borborygme, vite englouti dans le flot de la circulation.

Encore raté, donc. Soudain sortis de nos rêveries, revenant à la vie sur notre banc de maîtres-nageurs, nous avons remballé nos boîtes en carton, notre bouteille de rosé vide et notre tire-bouchon, et nous avons regagné la voiture. Comme à l'époque, je marchais devant, à grandes enjambées. Mais qu'est-ce qu'il a, papa ? Mes chéris, comme toujours Papa ne sait plus quoi dire, plus quoi faire, rien de grave.

Le lendemain, Mamine a ouvert les hostilités sans même le faire exprès. C'était à la fin du déjeuner. Pour une fois, Tania et toi nous faisiez l'honneur de votre présence. Mine de rien, on progressait.

Tout est parti d'une question à propos des écorces de melon que chacun avait encore dans son assiette. En avisant les déchets dont nous avions tous gratté la chair fraîche et fondante avec le même appétit, Mamine s'est adressé à toi sur un ton anodin :

— Ah, au fait mon chéri, j'ai vu que tu faisais du compost, c'est bien, on va y mettre nos pelures.

J'avais moi aussi remarqué qu'un gros tas répugnant de déchets organiques se décomposait au soleil derrière les poubelles. J'ai aussitôt réagi.

— C'est bien, mais ça attire les mouches.

— Oh, pas tant que ça...

— Un nuage de mouches, maman. Des grosses mouches à merde. Partout. On les entend d'ici.

En vérité, ça m'avait énervé que tu prennes cette initiative sans en parler à personne. Jusqu'à preuve du contraire, tu n'étais pas chez toi. Je crois surtout que je cherchais un prétexte pour crever l'abcès. D'un seul coup, j'en avais marre de m'écraser, de te ménager, de faire comme si.

Tu as haussé les sourcils, signe chez toi d'un étonnement agacé, et légèrement hautain. Des mouches, qu'est-ce que je n'allais pas chercher. Et quand bien même. Les mouches, ce sont des êtres vivants. Comme nous. Nos sœurs, pour ainsi dire. Même les mouches à merde.

— N'importe quoi, as-tu murmuré.

Silence autour de la table. Mais pas question de capituler.

— Je sais ce que je dis, Niels. Et reste poli. Ça pue, ton truc, c'est une infection, et ça bourdonne de partout. Tu aurais pu demander.

Tu as soupiré.

— Demander quoi ? De faire du bien à la nature ?

— De faire du mal à nos narines.

Tu as regardé Tania. Tu ne voulais pas perdre la face, même au prix d'une sérieuse rougeur aux joues.

— C'est la nature. La nature qui retourne à la nature. On fait quoi, sinon ? On jette ?

— On trie et on jette, oui.

Tu tenais ton triomphe.

— Ah, le tri. La bonne conscience du consommateur moderne.

— Dont tu fais partie, il me semble, que tu le veuilles ou non.

— Sans doute. À mon échelle. D'où le compost. Ça me paraît simple à comprendre...

— Pardon ?

Il a toussé. J'ai gardé l'ascendant.

— Baisse d'un ton Niels, tu veux bien ?

— Bien sûr que je veux bien, as-tu grommelé dans un mauvais sourire, ton couteau triturant nerveusement un bout de pain.

On en était revenus d'un coup au bon vieux rapport père-fils, avec tout ce que ça induit : respect, mesure, politesse et compagnie. La ficelle était un peu grosse, j'en conviens, voire franchement commode, mais c'était de bonne guerre. Trop longtemps que je me contenais. Mamine a profité de ce retour à l'ordre pour elle aussi jouer son rôle : celui du patriarche, celui de la sagesse et de l'apaisement.

— Mes chéris, inutile de vous disputer. On le déplacera un peu plus loin, ce compost, voilà tout.

— Je m'en occuperai, a dit Tania en gage de bonne volonté.

— Je t'aiderai, a ajouté Anna.

— Et moi je tuerai toutes les mouches ! s'est exclamé Hugo en se levant de table.

La boucle était bouclée. Chacun avait joué sa partition. C'était compter sans ta propension à toujours vouloir avoir raison. Sinon raison, du moins le dernier mot. Quelle différence ?

— Vous avez votre façon de vivre, moi j'ai la mienne. Chacun ses choix.

J'avais envie d'ajouter : et surtout, chacun chez soi. Je m'en suis abstenu. Heureusement.

— Ce qui veut dire ?

— Qu'on doit tous faire des concessions.

— Mais on ne fait que ça, Niels.

— La preuve que non.

Dans ce genre de situation, ce n'était pas tant le courage,

ou l'autorité, qui me faisait défaut, c'était plutôt l'énergie. L'énergie d'expliquer l'évidence, d'être pédagogue sans être pontifiant, l'énergie d'enfoncer des portes ouvertes sans les démolir à coups de pied.

— Niels, on donne tous notre avis. C'est ça la démocratie, non ? La liberté dont tu parles si souvent...

— La démocratie, ce serait de voter. Sur la Zone, dans les AG, on vote : pour ou contre le compost. Ça, ce serait la démocratie.

— Sauf que là, Mamine est chez elle. Et qu'elle veut bien du compost. Mais un peu plus loin.

Je te sentais dans les cordes. La suite me l'a confirmé.

— Alors si Mamine est chez elle... la messe est dite. Propriété privée, défense d'entrer, chien méchant.

Là, j'ai carrément éclaté de rire. On allait bientôt en arriver aux miradors, à la tyrannie, à l'état fasciste et aux flics nazillons planqués à chaque coin de rue.

— Tu te fous du monde ? Il me semble que tu t'en accommodes plutôt bien, de tout ça, non ? Alors arrête un peu, tu veux ?

Tout le monde regardait dans son assiette. Mamine a posé sa main sur la mienne.

— Les garçons... je vous le redis, ça ne vaut pas le coup de vous mettre dans cet état... Tout ça pour des pelures de melon...

— C'est vrai, maman... mais quand même... C'est un peu facile de se poser en pur et dur quand on profite du système et de ses avantages. Du frigo bien rempli. De la jolie maison d'été au bord de la mer... Tu parles d'une défense d'entrer, les portes sont grandes ouvertes !

— Calme-toi...

— Et je ne parle pas du reste ! De la bagnole de papa, avec son gros moteur qui pollue, mais quand même bien commode quand il faut aller à la gare. Et de la carte bleue de papa, très pratique, elle aussi, pour réserver sur Blablacar… j'en passe et des meilleures… Le monde est fait comme ça, j'y peux rien ! On ne va pas le réinventer en dix minutes ! Ou alors il faut aller jusqu'au bout ! Devenir ermite, anachorète, j'en sais rien, moi !

— Ou mort, as-tu soufflé.

Le mot a porté. Tout le monde s'est tourné vers toi. Car c'est à ça que tu ressemblais à cette seconde précise : à un cadavre.

— Ça veut dire quoi, ça ?

— Je rigolais, papa.

Sans doute étais-je aussi exsangue que toi car tu m'as fixé avec dans les yeux un étrange mélange d'espièglerie et de douceur. Ton père s'énervait, c'était déjà pas mal. On ne s'énerve pas contre ceux qui ne comptent pas, ça n'en vaut pas la peine. Et puis ce « papa » que tu me balançais parfois, comme ça… toujours quand je ne m'y attendais pas… Ce « papa » si rare et si précieux avait le don de me faire perdre de ma contenance. Tu as porté l'estocade.

— Maintenant… si tu trouves que je vide le frigo… que je profite de la maison… ou de ta carte bleue en toute malhonnêteté au regard de mes valeurs, je peux partir tout de suite, si tu veux.

Mon salaud, tu savais manier les mots quand il le fallait. Ils étaient tes armes à l'instant même où je rendais les miennes, vulnérable, prêtant le flanc. J'ai botté en touche.

— Tu plaisantes ? Il reste encore plein de compost à faire.

— Compost de pomme ! a rebondi une nouvelle fois Hugo, revenu dans les parages en quête de chocolats.

Nous nous sommes regardés toi et moi, ravis, finalement. « Compost de pomme », c'était navrant. Mais plus un calembour était approximatif, plus il nous faisait rire. Ton petit frère était à bonne école. J'ai décelé chez toi comme une fierté d'aîné. Ce n'était pas si souvent. Mamine s'est levée, constatant la paix des braves. Tania l'a imitée, ainsi qu'Anna, et toi et moi sommes restés attablés face à face, les yeux dans les yeux, cow-boys silencieux.

— T'as pas perdu la main, hein ? ai-je dégainé.

Tu t'es assombri.

— Perdu la main ? Moi, non. Mais à la ZAD, tout le monde ne peut pas en dire autant.

Jeu de mots pour jeu de mots, même morbide, j'ai enfin compris de quoi il retournait.

— Ah, cette histoire...

— Oui, cette histoire. Comme tu dis.

Histoire pas drôle, en l'occurrence. Comme quoi, l'humour noir demeurait ta seconde nature. Tu n'étais pas mon fils pour rien.

Cette funeste aventure remontait à une époque où je ne savais qu'une chose : tu squattais quelque part sur la ZAD de Notre-Dame-des-Landes avec des centaines d'activistes de ton acabit, prêts à en découdre pour empêcher la construction d'un nouvel aéroport dans ce sanctuaire de bocage et de marais. Je n'étais pas aveugle, je savais que les combats contre la police étaient d'une violence extrême, que tu n'étais pas le dernier à monter au contact, que, sur un autre front – le barrage de Sivens –, un jeune était mort, victime d'un tir de grenade offensive.

À chaque bataille rangée, j'étais le nez sur ma télé, scrutant les reportages diffusés en boucle sur les chaînes d'infos, fouillant l'écran du regard pour te reconnaître, même cagoulé parmi les cagoulés, un foulard jusqu'aux yeux, un bonnet sur la tête – identifier un geste bien à toi, un vêtement t'appartenant dans les volutes de fumigènes. Mais ce jour-là, ce n'était pas devant la télé que j'avais appris la nouvelle, c'était à la radio. Sur la ZAD, « un jeune d'une vingtaine d'années » avait eu « la main arrachée » en ramassant l'une de ces fameuses grenades. *Arrachée*. On ignorait encore son nom, mais c'était toi, forcément.

Toi aux urgences, fixant incrédule ton moignon ensanglanté, pleurant ta main partie en miettes.

Par SMS, par messages, je t'avais supplié de me donner des nouvelles. Enfin, tu m'avais répondu. Non, tu n'étais pas la victime. Mais tu étais si directement atteint par cette affaire que c'était tout comme. Tu étais meurtri et déchiré dans ta chair, les restes de ton enfance et de ton innocence broyés, éclatés, dispersés. Les flics, tu ne leur pardonnerais plus rien. Ils étaient des bourreaux tous autant qu'ils étaient, des robots mécanisés juste bons à cogner, à blesser, à tuer s'il le fallait, des androïdes cuirassés de haine. J'avais eu beau te dire toutes les choses banales qu'on dit dans ces cas-là – que des flics il en faut, que ce sont de braves types qui rentrent chez eux le soir pour border leurs enfants, qu'ils n'étaient après tout que le bras armé d'un système nécessaire, un système de droit, un système de lois, que la loi était le garant de la liberté de chacun, que sans flics il n'est pas de loi qui vaille –, rien n'y faisait : on ne pouvait pas être flic si on était un homme, on n'était pas un homme si on était un flic. Pas davantage, du moins, qu'un bourreau exerçant son métier sur l'estrade d'un gibet ou d'une guillotine.

— On a toujours le choix, m'assenais-tu. Hitler, lui aussi, était charmant avec les dames et les enfants.

— Hitler, carrément !

— Je vais me gêner.

Depuis, ce drame était resté entre nous au pire comme une blessure, un arrachement de plus. Non, décidément, tu n'avais pas perdu la main.

Sauf qu'autour de cette table, je n'ai pas eu envie d'en rester là. Il faisait trop chaud pour aller se baigner et, va savoir pourquoi, j'avais plus envie d'une explication avec toi que d'aller faire une sieste. Du reste, t'éviter d'en faire une te dispenserait du même coup de sacrifier au rituel de ce que tu appelais le « dijo » – non pas un cognac ou une poire, mais un bon gros pétard d'après-déjeuner. Mamine, de son côté, allait faire un somme. Anna également, dans la fraîcheur de la chambre, les volets rabattus protégeant la pièce d'un air saturé de lumière et du bruit de crécelle que faisaient les cigales.

Nous étions donc tout seuls, pour de bon, mais l'ambiance de duel avait disparu avec les autres commensaux. Nul buisson roulant dans le vent poussiéreux, nul couinement d'harmonica ni honnêtes gens planqués derrière la porte du saloon. Seulement un père et un fils, attablés devant des tasses à café vides, dans la torpeur de l'été.

Je me suis lancé, histoire de repartir du début.

— Alors, il en est où, ce projet d'aéroport ?

Tu as souri, conciliant.

— Bah... c'est un peu en stand-by... Y a eu cette histoire de référendum... Quelle blague...

Tu semblais bien parti, mais je t'ai arrêté.

— Tu veux un digestif ? Je veux dire : un vrai ?

Tu as fait oui de la tête.

— Il reste un peu de rhum Beauport. Ton arrière-grand-père le buvait à même sa tasse de café encore tiède. Essaie, c'est fabuleux.

— Mon arrière-grand-père... le monarchiste ? Celui qui collait les timbres à l'envers ?

— Les timbres à l'effigie de Marianne, en tout cas, oui. Et qui n'achetait pas de Renault, parce que Renault, c'était la « régie ». Oui, c'est bien de lui que je parle. Pas un grand fan de la République, on va dire. Et en particulier de la Cinquième.

— Ça nous fait un point commun...

J'ai rempli les deux tasses du divin breuvage. À peine ouverte, la bouteille a libéré ses fabuleux arômes de vanille. D'un coup, nous étions téléportés à la Martinique. Un peu plus et j'entendais la mer des Caraïbes.

— Goûte-moi ça.

Tu as eu l'air d'apprécier. Ce mythique rhum Beauport de 1937 possédait des vertus magiques : il mouillait l'âme et les yeux de quiconque le buvait, il rendait bon et un peu nostalgique, il mettait en communion avec le sable et le soleil. C'était un allié précieux. Mon grand-père le respirait longuement, profondément, à en humecter sa moustache à la David Niven, puis il fermait les paupières derrière ses lunettes en écaille. C'était comme l'autre *petite mort.* J'espère qu'il en avait encore des effluves au cœur quand celui-ci a cessé de battre, en 1978.

— Tu sais, Niels... sur la forme on peut discuter, mais sur le fond, il faut que tu saches que je suis d'accord avec toi. Je veux dire, avec tes positions. Je ne sais pas ce que donnera ce référendum, mais...

— Un référendum pathétique, je te dis...

Je m'y attendais.

— Pathétiquement démocratique, si tu veux, mais démocratique quand même... Bref, je ne sais pas ce qu'il donnera, ce référendum, et j'ignore les tenants et aboutissants de ce projet... Mais il y a une chose dont je suis certain : par principe, je serais content si, pour une fois, les faibles gagnaient contre les forts... David contre Goliath... C'est tellement souvent l'inverse... ça nous changerait.

Cela ne t'a pas amadoué.

— « Par principe », ce n'est pas assez, papa. Il faut *vraiment* que tu sois convaincu que cet aéroport est une connerie... une connerie monumentale. Un truc inutile, une fois de plus... bon à engraisser des actionnaires déjà repus... Un massacre de la nature... Comme si on n'avait pas assez bétonné dans ce pays ! Comme si on en était encore là...

Je sentais quand même ton discours bien rodé. Une succession d'éléments de langage mille fois affûtés dans les assemblées générales de la ZAD, au milieu des invectives, de la fumée des clopes roulées et des relents de bière. Mais, à mes yeux, ça n'en était pas moins juste.

— C'est ce que je te dis, ai-je repris, encouragé. Tu prêches un convaincu. Tu sais, l'époque a changé, mais je te le répète, dans le fond je suis comme toi ! J'ai toujours préféré « la maison près de la fontaine » au « supermarché »... et « le petit jardin de la chaussée d'Antin » au promoteur qui porte « une fleur de béton au revers de son veston »...

— C'est quoi ça ?

— De vieilles chansons. De Nino Ferrer et de Jacques Dutronc, ai-je précisé en me resservant une tasse.

Tu as eu un petit rictus amusé.

— Et ça donne quoi, en vrai ? Je veux dire, à écouter ?

Pas question de me dérober, tu ne l'aurais pas permis.

— À peu près ça !

Pour l'occasion, j'ai imité les vibratos de l'homme aux Ray Ban et au cigare :

À la place,

du joli petit jardin,
il y a l'entrée d'un souterrain,
où sont rangées
comme des parpaings
les automobiles du centre urbain...

— Pas mal !

— Un peu, oui ! Toi, c'est Bob Marley mais moi, tu vois, mes idoles, c'étaient ces mecs-là... Dutronc, sa mèche, son sourire en coin, son verre de scotch... Et encore plus Nino Ferrer, avec son grand chapeau camarguais, sa gueule émaciée, ses yeux clairs... Un écolo avant l'heure. Qui lui, hélas, s'est flingué pour de bon.

— Ça peut se comprendre, quand on voit comment on a flingué le monde...

— Peut-être. Mais ça, faut pas. Jamais. Hein ?

J'ai laissé passer un silence. Le temps de changer de registre. La douce époque d'avant, les types en Jaguar sortant de chez Castel dans les années 1970, ce n'était pas ta tasse de rhum. Si pour moi la nostalgie était belle, elle était, à tes yeux, forcément réactionnaire.

— Que veux-tu, mon Niels, chacun ses goûts. Et chacun son époque.

Il a acquiescé. Comment ne pas acquiescer à une telle banalité ?

— Ce que je veux te dire, en fait, c'est que le mot « promoteur » a sans doute été l'un des premiers que j'ai appris à détester. Pour mon père, pour son frère, ton oncle Yves, ce mot symbolisait à peu près toutes les tares de la fin du siècle : la destruction de la nature, de la poésie, la cupidité, le culte du pognon, la laideur... les grands immeubles,

les digicodes, le marbre à gogo, l'esthétique standard, le clinquant... les gros contre les petits. Aujourd'hui encore, j'ai toujours un pincement quand je vois une vieille maison éventrée par les grues, ouverte à tous les vents, avec ses papiers peints exposés au grand jour, ses secrets dévoilés, comme une intimité de vieille dame offerte à tous les regards... et tant de souvenirs en tas, ensevelis sous les gravats... Le pire, c'est que, pour vendre, ces charognards vont jusqu'à se prévaloir de ce qu'ils ont détruit... Tu as vu, à Lacanau Océan ? À la place du vieux cinéma, il va y avoir une résidence baptisée « Septième art »...

Raté. Tu n'as pas eu l'air convaincu.

— Ce que tu me dis, c'est vrai... Mais bon, avoue que c'est un peu anecdotique, tout ça... un peu romantique... Ça n'engage à rien, quoi...

— Tu rigoles? Avec mon père, mon oncle Yves et mes cousins, on partait la nuit détruire les panneaux des futurs programmes immobiliers! Tu sais, les trucs du genre « Résidence Les Oyats, votre appartement de rêve avec vue sur l'océan, en 232 mensualités... » Eh ben, crac! Les grosses publicités à l'entrée de Lacanau Océan, on les foutait par terre. On avait des haches, des scies, tout ce qu'il fallait! De vrais petits commandos! Les poteaux de bois, ils faisaient pas long feu. On se planquait juste quand y avait des bagnoles... Pour nous, c'était génial. Les justiciers de la nuit! Un grand jeu où les adultes jouaient avec nous...

— Ouah..., as-tu fait avec une admiration feinte.

J'ai fait semblant de te croire sincère.

— Comme tu dis! Bon, ça ne les a pas empêchés de les construire, leurs cages à lapins sur la dune avec vue sur la mer... Mais t'inquiète, ce qu'on n'a pas réussi à faire, l'océan s'en chargera. Le trait de côte recule chaque année. Alors un jour, tout ça va s'effondrer comme un château de cartes. *Plouf!* La vue sur l'eau, ils l'auront, je te le garantis ! C'est le syndrome Soulac-sur-Mer. Là-bas, ils ont évacué un immeuble entier. La mer va tout reprendre. Au moins, le réchauffement servira à ça...

Là, tu t'es senti pousser des ailes.

— À l'époque, vous auriez eu une bonne ZAD sur le terrain, rien de tout cela ne serait arrivé.

— Que tu crois... Les zadistes, y en avait, c'est juste qu'on ne les appelait pas comme ça... Et puis ils étaient plutôt dans le Larzac, à ce moment-là... L'époque était aux 2 CV vert pomme, aux pantalons en velours et au fromage de chèvre...

— Le folklore, quoi. Quelques sympathiques babas cool un peu allumés... et finalement assez inoffensifs. Tu sais, papa, pour la lutte, c'est pas comme ça qu'on fait bouger les choses. Pas avec ce genre de moyens d'action, en tout cas...

J'ai souri. « Lutte ». « Moyens d'action ». Bientôt tu allais me donner du « camarade ». Mon fils était en train de se transformer en Alain Krivine et il fallait trouver ça normal. Mon fameux grand-père amoureux de l'Ancien Régime devait se retourner dans sa tombe. Mais pas question de faire de l'humour, je tenais un bout de la pelote, restait à la dévider encore un peu.

— Je ne sais pas quels sont les bons moyens d'action, Niels. Faut relire *Les Justes*...

— Je l'ai lu.

Tu avais lu Camus. Pour le petit ascendant culturel,

c'était loupé. Du reste, en la matière, sans doute avais-tu lu plus d'ouvrages que moi.

— On peut en débattre longtemps. Mais je ne pense pas que ce soit en cassant du flic qu'on fait avancer les choses.

Le coup était parti tout seul. Tu t'es rencogné dans ta chaise. Puis tu as riposté.

— Et tu veux faire quoi, papa, pour calmer ces malades avec leurs matraques ? Prendre un tourne-disque et leur passer du Jacques Dutronc ?

Là, j'ai ri sans retenue. J'avais l'image. Je t'ai imaginé avec ta longue rallonge et ton électrophone, posant délicatement un saphir sur un 45 tours et désamorcer ainsi une charge des forces de l'ordre. « Messieurs, écoutez ça ! » Et la voix de Dutronc de s'élever dans l'air nantais : « C'était un petit jardin, qui sentait bon le Métropolitain... » Hélas, tu l'as mal pris. On ne rigolait pas avec la révolution.

— Pourquoi tu ris ?

— Parce que c'est drôle...

— Quoi, les lacrymos, c'est drôle ? Les grenades en pleine gueule, c'est drôle ?

— Oh là là, comme tu prends tout au tragique...

— Mais *c'est* tragique, papa.

Tout à coup, je n'avais plus envie de rire.

— Ce qui est tragique, Niels, c'est que tu prennes tout à ce point au sérieux. C'est là que, avec des gens comme toi, j'ai un problème sur la forme. Pourquoi toujours ces grands mots ? ces tirades toutes faites, sentencieuses, définitives ? Pourquoi ce look dégueu ? Ça vous rend plus crédibles ? On peut mener de très beaux combats avec une chemise propre, tu sais !

Tu as eu un air absolument écœuré.

— Ah, c'était pour ça...

— Pour ça quoi ?

— Tout ce cinoche, là... le rhum du grand-père, les souvenirs attendrissants, le touchant moment père-fils, plein de complicité... C'était juste pour ça, en fait. Pour me dire que je fouette, que mon look te débecte et que j'ai les pieds crades... Franchement, papa, tu aurais dû le dire tout de suite, on aurait gagné du temps.

Et merde. Pile ce que je redoutais. J'avais tout fait pour éviter cette situation, et je venais d'y plonger la tête la première. La tête vide, surtout. Moi et ma grande gueule, moi et mes gros sabots. Propres les sabots, cirés même. Mais lourds, très lourds. J'avais ce que je méritais. Tu étais déjà en train de te lever, de repousser ta chaise.

— Merci pour le rhum, papa. C'est vrai qu'il était bon, ça m'a fait plaisir.

— Arrête, Niels... Reste deux secondes, écoute... c'est trop con...

— Papa, ça colle pas entre nous, tu vois bien...

— Mais je t'ai dit que sur le fond...

— Le fond, le fond, oui, tu me l'as répété cent fois, j'ai compris, là... OK, sur le fond tu es d'accord avec moi. Encore heureux ! Difficile d'être *pour* la fin de l'humanité, *pour* l'extinction de masse des animaux sauvages... *pour* la fonte des glaciers et la submersion des îles ! Mais la forme, ça compte aussi, papa... ça s'appelle le combat. Et avec ça, visiblement, tu as du mal.

Un baroud d'honneur s'imposait. Plus rien à perdre.

— Mets-toi à ma place, Niels. Ici tu es chez ta grand-mère. C'est quand même une question de respect...

— Détrompe-toi. Mamine, elle s'en fout. Ton vrai problème, c'est que tu as honte de moi vis-à-vis d'elle. Et des autres. Des tantes, des oncles, des cousins.

— Mais pas du tout...

— Bien sûr que si. Allez, salut. Avec Tania on va à la plage se baigner. Ça nous décrassera un peu.

La suite t'a donné tort. Personne n'avait honte de toi. Au contraire. Le lendemain, il y avait un pot organisé chez ta grand-tante, dans la maison voisine. Un pot « surtout pour les jeunes », avait annoncé cette octogénaire si chic, un rien excentrique, toujours heureuse de voir sa maison déborder de petits-enfants, amis et amis d'amis. Bien que ne faisant plus partie de cette engeance juvénile, j'ai été heureux de vous accompagner, Tania et toi, pour boire un punch sous l'auvent. Il y avait là tout ce que la jeunesse de bonne famille peut compter de représentants bien élevés, brillants et diplômés. Ici, on portait polos chics et shorts framboise, chaussures bateau ou espadrilles de bon aloi, pulls en cachemire noués sur les épaules, mais sans ostentation, juste avec l'aisance de ceux qui ont les codes depuis la naissance. Et toi, Tania à tes côtés, tu es arrivé là-dedans comme un chien dans un jeu de quilles, loqueteux, avec tes pieds nus, ton pantalon de treillis, ton T-shirt de rasta, tes bracelets en jonc, tes cheveux en salade renversée. Un chien de rue, plein de puces, au beau milieu de quilles bien formatées, poncées de près, en bois poli.

C'est là que la magie a eu lieu. La première gêne passée,

tout s'est mis en place avec un naturel confondant. Les questions ont fusé, sans voyeurisme, sans regard en biais, et tu t'es mis à y répondre en toute décontraction.

— Comment ça se passe ? Tu arrives à vivre de tes légumes ?

— Qui décide sur la ZAD ?

— Y a une hiérarchie ?

— On peut passer te voir ?

J'ai eu du mal à en croire mes yeux mais, une demi-heure plus tard, tu tenais conférence devant une dizaine de cousins et cousines bienveillants et tout ouïe, passionnés par ton choix de vie. Ta vie à toi, toi le chevelu au milieu des oreilles bien dégagées, toi l'autodidacte parmi les ingénieurs frais émoulus de grandes écoles, le mécréant parmi les catholiques pratiquants. C'était merveilleux de voir ça. Ta prestance, ton aura, tes anecdotes, ton humour, ton élocution claire, tout chez toi captait et captivait l'auditoire.

Mais, au-delà de ça, ce qui rendait la scène remarquable, c'est qu'elle faisait mentir de part et d'autre tous les préjugés qu'au premier abord elle aurait pu faire naître : non, les zadistes n'étaient pas tous des décérébrés incapables d'argumenter, juste bons à bouffer des pâtes périmées données par le supermarché du coin ; et non, cette jeunesse dorée n'était pas un ramassis de sectaires prétentieux, prompts à se boucher le nez devant la différence. Tu les avais charmés, passionnés, touchés. De là à dire qu'ils allaient te suivre dans ta cabane de bric et de broc, il y avait un pas, mais au moins, ils t'avaient écouté. Mieux encore : ils t'avaient écouté sans en faire trop. Ce qui n'était pas le cas de tout le monde. Combien de fois avais-je entendu certaines de mes amies, mères de famille, se pâmer devant ton engagement (« Zadiste ? Quel couráâge, au moins il va au bout de ses convictions, c'est formidâable ») et pleurer le lendemain parce que leur grand fiston n'était pas reçu à l'Essec, mais à l'Edhec ? Ou d'autres, assises devant leur maison climatisée de quatre cents mètres carrés avec trois SUV dans le garage, répéter à l'envi comme pour s'en convaincre : « Les zadistes ? Ce sont eux qui ont raison ! »

Cela dit, ces belles éplorées avaient raison sur une chose : toi au moins, c'est vrai, tu allais au bout de tes convictions. Pas d'eau, pas d'électricité, mais du cran à revendre et de la cohérence. Et l'envie chevillée au corps d'aider les plus pauvres, les migrants, les déracinés. Gestes à l'appui. Ça changeait des gauchistes de salon qui peuplaient mon quotidien, d'autant plus prompts à donner des leçons qu'au fond d'eux-mêmes ils mesuraient le gouffre qui séparait leurs grandes idées de leur petite vie bourgeoise. C'est qu'on a beau jeu de réclamer la mixité ethnique et sociale quand on vit dans les quartiers huppés et qu'on passe ses vacances à Gordes, au Cap-Ferret ou à l'île de Ré, entre amis bien blancs et bien CSP+ ! La diversité façon Benetton, on addôôôre ! Du moment qu'elle ne vient pas dénaturer nos rues si proprettes ou les bars branchés de nos plages inabordables.

Toi au moins, tu allais jusqu'au bout de tes opinions, les mains dans la terre-paille, les pieds dans la boue, loin des Saint-Just de fin de dîner acharnés à se faire pardonner leur milieu privilégié, leur enfance dorée et leurs héritages à répétition, sans oublier l'appart offert par leurs parents pour démarrer dans la vie – sans doute au nom de l'égalité des chances. Toi, viscéralement, tu ne supportais pas l'horreur capitaliste, la rapacité de la finance qui faisait du fric avec le fric, sans rien produire, rien créer, sinon du malheur et de la destruction. Au plus profond de toi, les inégalités te faisaient vomir, tellement de riches toujours plus riches, tellement de pauvres toujours plus pauvres, tellement d'usines délocalisées et d'ouvriers déambulant, les yeux rouges, dans des hangars aussi vides que leur vie. Et sur ce point, fondamentalement, j'étais comme toi.

*

Je vous ai regardés vous baigner, dissimulé derrière un pin, assis et bienheureux. Avoir débouché ce rhum venu des Antilles m'a rappelé qu'à une certaine époque, je t'appelais le Palmier. Ce n'était pas méchant, c'était juste qu'avec ta longue silhouette flexible, tes épaules courbes et ta chevelure évasée en bouquet, tu ressemblais à s'y méprendre à cet arbre exotique. Tu devais avoir dix-sept ans ou dix-huit ans. C'est à ce moment-là que nous t'avions envoyé en pension, près d'Évreux, effarés par tes résultats scolaires qui auguraient du pire. Tu y avais passé ta terminale sans rien faire ou presque, avant d'appuyer un peu sur le champignon – non hallucinogène, pour une fois – pendant les dernières semaines. Contre toute attente, ces ultimes efforts avaient porté. Certes, tu en avais dans la cervelle, ça nous le savions, mais tu nous avais annoncé cette victoire comme si, vraiment, il n'y avait jamais eu lieu de s'en inquiéter. À t'entendre, décrocher le bac n'avait été pour toi qu'une formalité.

À la faveur de ce nouveau cap et d'un vent de liberté,

nous t'avions inscrit cet été-là à un stage de perfectionnement de voile dans les îles de Glénan. Tu t'y étais rendu de mauvaise grâce mais, trois semaines plus tard, en étais revenu enchanté.

— L'année prochaine, j'aimerais y retourner mais en tant que moniteur, m'avais-tu annoncé. On navigue un jour sur deux et le reste du temps, on gère les Maisons !

Me mordant la lèvre pour ne pas trop afficher ma joie, j'avais failli en tomber de ma chaise : Eurêka ! Miracle ! Alléluia ! Bien sûr, elle était là, la solution ! Il était là, le déclic tant attendu ! C'était écrit, ton destin était d'être prof de voile, et qui sait, plus tard, skipper sur de gros bateaux de course. Tu allais devenir l'un de ces types enviables, au teint caramel, aux cheveux blondis par le soleil et le sel, qui passent leur temps entre deux îles sur des catamarans et retrouvent dans chaque port des créatures accueillantes. Après tout, peut-être était-ce l'une d'elles qui, par sa présence sur l'archipel breton, avait influencé ta vocation et t'avait révélé ton avenir ? À quoi tient la vie, parfois !

Las, l'été suivant, le projet était abandonné. À mon grand dam, et malgré mes insistances, je t'avais vu renoncer à ton envie de retourner aux Glénans, d'affronter les embruns au trapèze et de gérer l'accueil dans l'une des Maisons. Fini les rêves de tropiques, de courses au large et de sirènes en bikini ! Je ne sais quelle raison t'avait fait revenir sur la terre ferme. Ce qui est sûr, c'est que cette terre promise, quelques mois plus tard, allait s'appeler Notre-Dames-des-Landes.

Dès lors, nous l'avions ressenti confusément : la mécanique inexorable qui t'emportait loin de nous s'était enclenchée. Pour pallier ton inaction, tu avais été inscrit dans une école de cinéma – domaine qui semblait t'intéresser. Mais, dès la deuxième année, tu avais décidé de ne plus mettre les pieds dans cet établissement de fils à papa. Sans nous décourager, nous t'avions alors soumis les idées les plus variées. Pourquoi pas un service civique (« C'est génial, tu peux bosser dans le social ou dans l'environnement ») ? Ou un aller simple pour l'Australie (« On te paie l'avion, après tu te débrouilles, mais au moins tu vis une expérience forte ») ? Ou un boulot par piston (« J'ai un pote qui a une boîte, il peut te prendre à l'essai et c'est pas mal payé ») ? Rien n'y avait fait. À toutes ces propositions, tu avais opposé un refus plus ou moins poli. Alors fatalement, après la carotte, j'avais tenté le bâton. À bout de forces et d'idées, je t'avais lancé cet ultime... ultimatum :

— Je t'ai loué une studette pendant deux mois. Si tu ne me proposes rien de concret au bout de ces deux mois, tu quittes les lieux et je te coupe les vivres.

Je t'avais accompagné. C'était petit, mais nickel. Le cœur lourd, j'avais refermé la porte sur cette vision lugubre – toi, assis sur ton lit, bras ballants, comme un prisonnier qui découvre sa cellule. Deux mois plus tard, je m'étais vu contraint de tenir parole. Avant même la Zone tu avais donc zoné, ballotté d'un lieu à l'autre, d'une bière tiède à l'autre. Et toute idée provenant de nous demeurait lettre morte.

Finalement, tu avais atterri chez ta mère, dans le Perche. Elle t'entendait pianoter toute la nuit. Comme une mouche à compost – on y revient –, tu étais tombé dans la toile de l'altermondialisme radical. Certes, radicalité pour radicalité, tu aurais pu choisir autre chose et, en définitive, nous nous en sortions plutôt bien. Mieux valait la Vendée que la Syrie. Et mieux valait un pétard qu'une bombe. D'accord. Mais nous pouvions bien sourire jaune pour nous consoler, tu nous glissais entre les doigts.

Alors quand tu me manquais trop, je regardais cette photo que je porte toujours sur moi. Elle avait été prise par Anna, lors de son tout premier séjour à Lacanau, en 2009, pendant les vacances de Pâques. Sur ce cliché qui m'a toujours bouleversé, tu as presque quatorze ans. Tu es à l'orée de mille choses, au seuil de ta vie d'adulte. Vêtu d'une chemise blanche, tu regardes droit vers l'objectif. Tu n'as pas encore la coupe que tu auras plus tard, non, tu portes les cheveux longs et lisses d'un ado, de beaux cheveux soyeux agités par le vent et qui brillent au soleil. Tu as déjà ta belle gueule, ton teint hâlé et, sous ta frange, tes yeux sont en amandes douces. Mais le plus merveilleux, c'est ton sourire. Doux, lui aussi. C'est un sourire à peine esquissé, un rien énigmatique, un sourire qui semble vouloir dire : et maintenant, papa, qu'est-ce qu'on fait ? Toi, avec Anna, tu prends un nouveau départ, OK, mais moi, tu y as pensé ? Je suis encore un peu un enfant, mais plus pour longtemps. Alors on reste comme ça ou on change deux ou trois petites choses ?

On est restés comme ça et, à l'époque, cette photo, je n'ai pas su la déchiffrer. C'est dommage, car en me donnant ce sourire tu me donnais aussi une chance. Celle de mieux te comprendre, de mieux t'accompagner, de mieux nous faire grandir. Ensemble.

Vous étiez là depuis quoi ?, deux petites semaines, et en rentrant des courses je vous ai surpris en train de vous disputer, Tania et toi. Je n'avais pas fini de vider le coffre de la voiture que je l'ai vue foncer vers la chambre à bateau, pour s'y enfermer. Tu es resté là, les bras ballants, visiblement désemparé, et ça m'a fait de la peine.

— Ça va ?

— Ça va...

— J'ai acheté des bières, tu en veux une ? Elles sont fraîches.

— Merci...

— On s'assoit ?

Nous nous sommes assis et j'ai vite compris le problème : Tania partait dès le lendemain pour aller ramasser des melons du côté de Cavaillon. Une opportunité à saisir. Sa mère, qui habitait près de Bordeaux, allait venir la chercher ici. Puis, après une pause machine à laver, Tania repartirait en stop jusqu'à la Provence.

Et toi, dans tout ça ? Toi, tu ne voulais pas la suivre. Tu voulais rester avec le chien.

— Pourquoi ?

— Dans quelques jours y a un festival de reggae, pas loin d'ici. Et puis je suis en vacances, non ?

— En vacances ?

— Ben oui.

J'ai avalé une gorgée de Leffe pour être sûr que je ne rêvais pas.

— Et c'est bien payé le ramassage des melons ?

— Mille euros pour dix jours, je crois.

— Ah quand même ! C'est bien, non ?

— C'est bien mais c'est dur. Avec le melon, faut se baisser tout le temps.

Je me suis marré.

— Et ouais… le boulot, c'est souvent comme ça : faut se baisser. C'est fatigant.

— Ça veut dire quoi, ça ?

— Que Tania a raison. Oui, c'est dur de se baisser sous le soleil. Oui, faut aller jusqu'à Cavaillon en stop, poireauter comme un con sur le bord de la route. N'empêche que mille balles pour dix jours, c'est plutôt bien payé. Tu vas la laisser faire ça toute seule ?

— Ben ouais.

— Elle est de bonne composition, dis donc. Et surtout, elle est courageuse. Respect.

Tu as eu un plissement de front, puis tu as fixé ta bière un long moment. Un long moment gênant. Te connaissant par cœur, je savais que c'était ta façon à toi de clore le débat, de me déclarer le moins impoliment possible : « À quoi bon continuer de parler ? Manifestement on ne se comprend pas. » De ce point de vue, tu avais raison : on ne se comprenait pas ou, plus précisément, *je* ne *te* comprenais pas. Tu pouvais toujours prendre cet air contrarié, impossible de ne pas penser en mon for intérieur : et toi, en fait, que comptes-tu faire pour bouffer après tes... vacances ? Te fabriquer un arc et tirer sur les écureuils ? Pêcher des poissons à mains nues ? Cueillir des baies ? Ou enfin, te décider à bosser un peu ?

Tu avais vu *Into the Wild* et, pas plus que le héros du film, tu ne savais te débrouiller seul dans la nature. Quant à la société moderne, elle était encore là pour un bon moment. Avec ses grandes enseignes qui filaient aux associations des produits impropres à la vente. Avec ses bières bien fraîches, objets de consumérisme, de marketing et de publicité. Avec sa monnaie sonnante et trébuchante, que Tania allait bientôt rapporter au fond des poches de son sarouel, après avoir sué sang et eau sous le cagnard pendant que toi, toi le sage sur ses hauteurs, écoutais Bob Marley dans ton casque audio haut de gamme. J'ai préféré me lever et finir de ranger les courses dans les placards.

Le soir, Tania a annoncé à Mamine qu'elle allait donc partir pour Cavaillon. À son attention, elle avait même composé une petite création sauvage à base d'ajoncs, d'herbes folles et de pommes de pin liées entre elles par du raphia. C'était joliment fait. C'était à l'image de Tania : délicat et touchant.

— C'est pas grand-chose mais c'est pour vous, Mamine. Pour vous remercier.

— Merci, ma chérie. C'est vraiment joli. Tu es une artiste !

— À ma façon...

— Tu n'as jamais songé à en faire un métier ?

— Être fleuriste ? Avec un magasin, tout ça... ?

— Non, mais créer des compositions florales... C'est merveilleux, ce que tu as fait ! Avec trois brindilles, un bout de ficelle...

De son majeur, Tania effleurait distraitement le pourtour de son verre comme pour le faire chanter. Un voile a assombri ses beaux yeux verts aux reflets translucides.

— J'y avais pensé, à un moment... J'avais même commencé un CAP. Ça me plaisait... et puis bon... ça ne s'est pas fait.

Son doigt a stoppé net sa course circulaire. Elle avait fait le tour de la question. C'était mal connaître Mamine.

— Tu n'as pas pu continuer ?

— Eh non...

Cette fois, deux perles d'eau sont venues baigner le bas de ses yeux. Un clignement de paupières aurait suffi à les faire basculer, puis rouler le long des joues. Tania s'en est abstenue, séchant ses larmes d'un geste bref, presque masculin, et j'ai trouvé cette pudeur digne et élégante. Ce qu'il pouvait y avoir comme renoncement derrière ce « eh non » était sans doute inimaginable. Quelle brouille, quel drame avait pu ainsi couper aux ciseaux une vocation appelée à s'épanouir ? Dans quelle eau trouble avait-elle macéré, tout juste sortie de l'adolescence, pour voir se faner ses jolis rêves d'artiste ?

Elle a poursuivi, toujours un peu songeuse :

— C'est là que j'ai suivi un ami, sur les routes, puis à Notre-Dame-des-Landes. Ça m'a bien plu. Les fleurs, les plantes, y en avait partout... C'est beau là-bas, c'est sauvage... et c'est là que j'ai remarqué Niels...

— Sauvage, lui aussi, a plaisanté Mamine.

— Exactement. Mais j'ai quand même tenté de l'apprivoiser... un peu, en tout cas... Vous connaissez la suite.

Tania et toi avez alors croisé vos regards. Il y a eu quelque chose de suspendu dans cet instant, mais ce n'étaient plus des larmes prêtes à éclore. Plutôt un scintillement fugace, ce genre de joie contenue qui fait taire le monde entier autour.

*

C'est fou comme on s'imagine des choses, comme on projette une image sur une autre. Quand Tania m'avait annoncé que sa mère viendrait la chercher, je m'étais attendu à voir descendre d'une carlingue pourrie une baba cool pas très fraîche, avec pull en poils de biquette, écharpe indienne et vieilles bottines rescapées du Larzac. Le genre responsable de salle polyvalente de banlieue rouge, qui passe son temps à brûler de l'encens en écoutant les Quilapayún, groupe de dissidents chiliens bien connus des profs d'espagnol des années 1980.

Le lendemain, rien de tout ça ! J'ai d'abord entendu approcher non pas le moteur d'une camionnette à bout de souffle couverte de fleurs autocollantes, mais plutôt le feulement caractéristique d'une grosse cylindrée. De fait, lorsque je suis sorti du jardin, une Mercedes gris métallisé dernier modèle était en train de se garer sous les branches du chêne-liège. Le moteur a stoppé, rendant à la nature les bruits qui lui sont dus. De la berline est sortie une femme élégante, la quarantaine coquette, bien coiffée, bien maquillée. J'ai eu un mal fou à cacher ma surprise. Chaussée de tropéziennes dernier cri parfaitement accordées à son pantalon clair et à sa chemise en lin, elle s'est avancée vers moi, main tendue.

— Bonjour, vous êtes le papa de Niels ? Je suis la maman de Tania.

— Bonjour, bienvenue... Je vous en prie, entrez.

Cet après-midi-là, j'étais tout seul, Mamine, Anna et Hugo visitant des amis à Arcachon pour la journée. Tania et toi êtes venus à notre rencontre. Entre elle et sa maman, le contraste était aussi saisissant qu'entre toi et moi. Je me doutais qu'à cet instant précis, cette femme chic et bronzée pensait la même chose que moi. Niels a tendu vers elle ses joues mousseuses d'une barbe incertaine. Puis les deux tourtereaux se sont volatilisés. Tania devait finir son sac.

— Vous voulez boire quelque chose ?

— Avec plaisir.

— Rosé ? Bière ? Pastis ?

— Oh, juste de l'eau, merci.

Nous nous sommes attablés à l'ombre de la terrasse. Puis nous avons parlé de tout et de rien, sachant pertinemment, l'un comme l'autre, qu'il ne s'agissait là que d'un prélude inévitable à ce qui était réellement important. C'est moi qui, finalement, ai fait le premier pas. J'ai vu qu'elle en était soulagée.

— Vu le désordre dans la chambre, ils en ont encore pour un moment.

— J'imagine...

Il y a eu un silence lourd de non-dits.

— C'est pas simple, tout ça, hein...

Elle m'a regardé d'un air entendu.

— Je ne vous le fais pas dire.

— Il y a longtemps que Tania... enfin... a pris sa liberté ?
— Après la mort de son père...
— Pardon. J'ignorais.
— Pas de problème.
— Et donc...
— Eh bien... après la mort de son père... c'est allé assez vite. Elle a eu une période de révolte. Elle s'est refermée sur elle-même. Et puis un jour, comme un oiseau, elle s'est échappée de sa cage. Avec un ami à elle, un certain Yann, qui l'a entraînée sur les routes. C'est aussi simple que ça. Elle était majeure. Je n'ai pas pu la retenir.

Elle a regardé droit devant elle, les yeux secs, cherchant une réponse dans les brandes, les arbousiers, les genêts. Je ne voulais surtout pas me montrer maladroit, ou intrusif. Et pourtant, les questions me brûlaient les lèvres.
— Mais c'était une enfant... particulière ?
— Discrète. Rêveuse. Très douce. Adorable, mais un peu farouche... Elle n'était heureuse qu'en compagnie des animaux. Elle parlait aux insectes, elle s'inventait des mondes...
— Vous habitiez à la campagne ?
— Pas très loin de Bordeaux, une maison dans un village, avec un jardin. Elle ne manquait de rien. Elle avait des amis. Mais c'était avec les bêtes qu'elle était en paix. D'ailleurs, nous n'avions pas le droit d'utiliser ce mot, *bêtes*. Elle disait : « Les bêtes ne sont pas bêtes, elles sont plus intelligentes que nous. Elles au moins, elles ne font pas la guerre, elles ne font pas de pollution, elles comprennent la nature... » Vous voyez, tout était déjà là.
— Elle travaillait bien à l'école ?
— Plutôt bien, oui. Surtout en sciences naturelles, en

dessin, en poésie. En géographie, aussi... Elle coloriait des cartes pendant des heures, sans jamais dépasser... les fleuves, les forêts, la nature... C'est tout ce qui l'intéressait.

— Et quand son père est mort, quel âge avait-elle ?

— Dix-huit ans. Du coup, elle a tout arrêté. Le lycée... et sa formation de fleuriste, qu'elle avait commencée. L'été suivant, elle est partie. Avec Yann, ils ont vécu de petits boulots... les vendanges, les potagers. Ils vivaient sous la tente. C'est après qu'elle a rencontré des gens de Notre-Dame-des-Landes. Un port d'attache, en quelque sorte. Elle s'y est posée. J'avais des nouvelles de temps en temps, mais j'étais inquiète.

— Et aujourd'hui ?

— Je le suis toujours... un peu. Comme vous, j'imagine, non ?

Elle m'a lancé un bref sourire par-dessus son verre. Je le lui ai rendu.

— Vous imaginez bien.

— Avec Niels, ils se sont bien trouvés, je crois... Il la protège. Elle est toujours un petit oiseau échappé de sa cage, vous savez...

J'ai ressenti le besoin de la rassurer.

— Un petit oiseau qui a les pieds sur terre, je trouve. Plus que lui, en tout cas.

Je lui ai reversé un peu d'eau, et j'ai senti qu'une pensée lui traversait l'esprit, car pour la première fois elle a eu l'air vraiment émue.

— Un jour, Tania m'a dit que sur la Zone elle était seule dans son coin. Comme Niels, qu'elle avait remarqué de loin. C'était ça, leur point commun : être seuls. C'est mieux que rien, vous me direz, mais bon...

— En fait, ils ont déjoué les lois de la physique : les deux parallèles se sont rencontrées. Et ça dure, j'ai l'impression...

— Tant mieux, a-t-elle repris l'air vague. Niels est un gentil, et elle a besoin de ça...

Je n'ai pas pu m'empêcher de rire.

— « Ils se marièrent et eurent beaucoup de petits zadistes »...

— Holà ! On n'en est pas encore là...

— Je sais. Ils ont l'air heureux, c'est l'essentiel.

Elle a eu un soupir.

— C'est juste que je ne sais pas très bien où ça mène, tout ça... Je veux dire, de quoi sera fait demain...

Sauvée par le gong. À ce moment précis, Tania est apparue, minuscule sous son sac à dos. Avec sa tête menue et son cou tendu en avant sous l'effet du poids, on aurait dit une petite tortue. Tu lui emboîtais le pas. Sa mère et moi nous sommes levés, après quoi nous sommes restés tous les quatre comme ça, face à face. Un peu bêtes, pour le coup. La fameuse gêne des départs, celle des au revoir sur les quais de gare.

— Bon eh bien... on va y aller, a dit Tania en se balançant d'un pied sur l'autre.

— Tu as bien tout ? ai-je demandé pour la forme.

— Oui, oui, merci... Et merci pour tout le reste. C'était bien, ces quelques jours.

Je lui ai répondu que nous avions été heureux de l'avoir parmi nous, ce qui était vrai. Elle a tenu à ce que je remercie Mamine, et Anna, ce que je n'allais pas manquer de faire. Puis nous nous sommes retrouvés devant la voiture.

— Je peux mettre mon sac à dos sur le siège arrière ? a demandé Tania.

— Ma chérie… tu sais bien que non ! Je préfère dans le coffre.

— Allez… mais pourquoi ? Comme ça je l'ai sous la main…

— Mais parce que ton sac ne sent pas toujours la rose ! a répondu la mère en me prenant à témoin – et je sentais que derrière ce ton enjoué, destiné à sauver la face, se cachaient des désaccords mille fois ressassés. La face émergée de l'iceberg, comme toujours. Celle qu'on montre. Et sous le niveau de l'eau, de quoi vous faire couler à pic une famille entière.

J'ai salué cette femme à laquelle je me sentais lié par une sorte de complicité confraternelle.

— Bonne route… J'ai été ravi de vous rencontrer.

— C'est réciproque. Et merci encore d'avoir accueilli Tania.

Celle-ci a déposé un baiser furtif sur tes lèvres. Rien de bien démonstratif, c'était mieux ainsi. La voiture a entamé sa manœuvre. Bonne ou pas, la route s'annonçait encore longue. L'un à côté de l'autre, toi bien plus grand que moi, avec tes cheveux embrasés par le soleil, nous les avons regardées s'éloigner.

Puis tu as regagné ta chambre, escorté par le chien. Toi et lui aviez les oreilles basses, la démarche lasse, l'œil éteint. À partir de ce moment-là, de ce moment précis, tu n'as plus été le même. Tout léthargique que tu paraissais être, tu étais le feu sous la cendre. Un rien pouvait te faire grogner. Ou aboyer. Ou mordre.

Pendant les jours suivants, donc, rien n'a pris. Une nouvelle fois, j'ai tout essayé.

— Si tu veux, on peut se louer un cata pour la journée, ça te dirait ?

— Bof.

— Si tu veux, tu nous accompagnes, on va à la grande plage du Lion avec Anna et Hugo, et au retour on se prend un chichi.

— Pas trop envie.

— Ce soir, pour changer, Mamine nous propose une petite virée à Arès, tu sais, dans les cabanes d'ostréiculteurs, c'est sympa.

— Pas trop fruits de mer.

— T'as déjà essayé le ski nautique ?

— Le ski nautique, ça fait du bruit, ça pollue et ça fait chier les poissons.

— On va se baigner, viens, elle est super bonne, tu vas pas rester enfermé quand même ?

— Je vous rejoins.

Tu ne nous as jamais rejoints. Ni pour ça ni pour quoi que ce soit d'autre. Tu es resté enfermé, à faire je ne sais quoi, en boule, comme le chien. Jamais un mot rafraîchissant ou un saut au lac, jamais un jaillissement, une éclaboussure de joie infime, une goutte d'eau, non. Pendant ce temps-là, la nature suffoquait. Les rayons du soleil fendaient les pins, coins enfoncés dans la sève, jusqu'à ce que ça grince, que ça couine, que ça implore un peu de pluie à chaudes larmes poisseuses et odorantes. Quand on se rinçait les pieds au tuyau d'arrosage, l'eau en sortait brûlante pendant au moins vingt secondes. Dans l'air vibrant, le sable devenait braise et pour le fouler les baigneurs marchaient droit, sans s'arrêter, à la manière des hindouistes en quête de connexion avec les énergies premières. Seuls les insectes osaient grouiller, et encore, sans se faire remarquer.

Heure après heure, la lave tombée du ciel continuait de faire cloquer les couleurs vernissées d'un peintre qui avait vu trop éclatant, trop net, trop vif. Trop beau pour les hommes. De la confiture aux cochons. Le jour, c'était le jaune qui l'emportait, le soir c'était le rouge sang qui venait saturer ce qu'il restait de nuances, et ça coulait d'un peu partout sous la chaleur, comme du rimmel sous les projecteurs. Vieille actrice de cinéma qui avait connu son heure de gloire, la Terre ne demandait finalement qu'une chose : continuer à tourner jusqu'à son dernier souffle.

Moi, ce que je savais, c'est qu'il ne fallait rien perdre de ce bouquet final. Il n'allait pas durer encore longtemps. Tu aurais pu sortir l'admirer, ce monde en sursis. Tu aurais pu venir avec moi t'y baigner, t'en bâfrer, te rouler dedans, goûter de cette nature que tu prétendais préserver, défendre envers et contre tout. Mais non, c'était plus fort que toi, il fallait que tu restes claquemuré, verrouillé, à t'inventer d'autres mondes, artificiels ceux-là. Si bien que plus la température montait à l'extérieur, plus l'orage, dans la maison, menaçait. Mes mouvements d'humeur étaient autant d'éclairs de chaleur. Ils se manifestaient fugitivement, sans qu'on en perçoive le grondement sourd et lointain.

Et ce n'était qu'un début. Je savais qu'un déluge allait s'abattre, à un moment ou à un autre, qui allait, toi et ton chien, vous extirper de votre grabat, dans un fracas d'éclairs, de poils mouillés et d'yeux effarés. En attendant, pour me calmer, j'allais nager des heures. Les grands milans noirs me survolaient nonchalamment. Je savourais l'instant, ne craignant qu'une chose, croiser un rat musqué, toutes dents dehors, et peu enclin à se laisser déranger pendant son bain du soir. Je traquais le frou-frou des ailes, le glouglou des brochets, des perches et des sandres.

*

Certes, j'imaginais bien que mon métier ne pouvait trouver grâce à tes yeux : rédacteur free-lance pour des agences de publicité, je faisais partie des irrécupérables, et même les trois romans que j'avais publiés ne pouvaient racheter ce crime de complicité avec la société de consommation. Mais le métier d'Anna ?

Un soir, par hasard, la conversation a roulé sur ce sujet. Ex-globe-trotteuse passionnée par la nature et les espèces animales, Anna a évoqué son travail, qui consistait à promouvoir un projet de trimaran dépollueur d'océans. L'idée était de récolter les déchets de plastique à l'embouchure des fleuves, notamment en Asie, avant que ces miasmes de l'humanité n'aillent nourrir les animaux marins puis, en bout de chaîne, l'homme lui-même, histoire de boucler la boucle de la connerie. Bref, on parlait océans, biodiversité, raies manta, dauphins, mangrove et corail. Tu as levé un œil, posé deux questions polies. Mais sans suite. De toute évidence, cela ne rentrait pas dans tes cases : pas mal, cette mission de dépollution, mais pas assez militante à tes yeux. Pas assez politique. Pour toi, il fallait tout renverser, tout casser, faire table rase. Soit, mais en attendant le Grand Soir, on faisait quoi des tortues gavées aux pots de yaourt, des cormorans farcis de polystyrène, des plages devenues décharges à ciel ouvert ? Pas de réponse. Ah si, une :

— Je vais me coucher. Bonsoir, tout le monde. Bonne nuit, Mamine.

— Salut, Niels. Fais de beaux rêves, surtout.

Ta haute silhouette a disparu au coin du mur. Toujours le même uniforme : vieux short à poches jusqu'aux genoux, maculé de taches, usé jusqu'à la corde ; chemise kaki ouverte sur un T-shirt hors d'âge d'un blanc douteux ; pas de chaussures d'été aux pieds – j'avais bien essayé de t'offrir des espadrilles, mais pas question, même à cinq euros la paire, elles étaient marquées du sceau infamant de la consommation moderne sous sa forme la plus abjecte, la grande distribution.

Cela dit, à l'heure où des gamins couverts de marques se plaignaient de tout, je trouvais ton attitude cohérente et noble. En cherchant bien dans les placards, je t'avais déniché quelques belles chemises de ton grand-père, dont deux trop grandes pour lui et qui, par conséquent, étaient à ta taille. Tu les avais essayées, l'une t'allait comme un gant, tu étais magnifique. Sûr que dans une autre vie, avec ta gueule de loup et tes yeux en amande, presque jaunes, avec ta démarche et ton allure, tu aurais pu être mannequin pour Calvin Klein ou Armani. Je n'osais penser à quel point cette éventualité t'aurait fait sourire. Pour l'heure, le top model avait regagné sa chambre, histoire de nous rhabiller pour l'hiver, le tout dans un nuage de fumée illicite.

— Il a l'air triste, non? a murmuré Mamine, aux yeux de qui tu étais un petit prince pour l'éternité.

— Il l'est, ai-je répondu.

— Ça me désole...

— Maman, ça ne tient qu'à lui de changer.

Anna est intervenue, chose qu'elle faisait rarement.

— Quand même, ça a eu l'air de l'intéresser ces histoires de baleines et de continent plastique, non? J'avais l'impression...

— Le problème, c'est que les baleines ne portent pas de banderoles. Elles ne signent pas de pétition. Va savoir si elles ne collaborent pas un peu avec les flics.

— T'es dur...

— C'est lui qui est dur. Les efforts viennent toujours de nous. Ça va toujours dans le même sens. Je commence à en avoir marre, là. Vraiment. Je me connais, j'atteins mes limites.

Mamine a posé sa main sur la mienne. Dans l'obscurité de la terrasse, je ne distinguais plus ses traits sous sa chevelure blanche.

— Écoute, mon chéri, de nous tous, c'est lui le plus malheureux. Ici, il n'est pas dans son monde. Mets-toi à sa place...

— Je sais, maman, mais quand même... Il y a pire que nous, non ? Depuis tout petits, on fait gaffe. On éteint la lumière, on coupe l'eau sous la douche... Je me souviens de papa avec son vélo, de sa croisade contre les bagnoles à Paris bien avant que ce soit à la mode... et de ses grandes envolées sur le scandale du suremballage. Rappelle-toi ! Je l'entends encore : « Ça me rend fou, ça, tout ce luxe de papier pour huit malheureux biscuits au chocolat ! »

Attendrie, Mamine a renchéri :

— Et l'huile de moteur, tu te souviens ? C'était son grand truc : « Avant, l'huile de moteur était en vrac, près des pompes à essence. On n'avait pas besoin de bidons, avec bec verseur et tout et tout... Tout ça, c'est du gros pognon pour le marketing » !

— Il avait raison avant tout le monde.

— Pour ça, oui...

— Donc tu confirmes, maman : Niels n'est quand même pas né dans la pire des familles ! Ce que vous nous avez appris, avec papa, on l'a toujours relayé. Je ne sais pas pourquoi il nous en veut à ce point. On dirait qu'on vend des armes ! Ou que je dirige une centrale à charbon...

— ... entre deux safaris au gros gibier en Afrique !

— C'est dingue, non ?

J'étais content que ma mère, malgré sa propension à protéger son petit-fils, fût sur la même longueur d'onde que moi. De même qu'Anna qui, malgré son refus de toute ingérence, compatissait vraiment.

— La nuit porte conseil, ai-je soupiré. Ça ira mieux demain.

Pour un peu, j'en aurais souri. Au fond de moi, je le savais : si ces dernières nuits m'avaient porté conseil, je m'en serais aperçu. Et si ces derniers jours m'avaient apporté un peu d'enthousiasme, un peu d'espoir aussi quant à une relation plus apaisée avec mon grand fils, je l'aurais vu aussi. La vérité, c'est que nuit après nuit, jour après jour, une entêtante tristesse mêlée d'exaspération me gagnait. Dans ses gros godillots empruntés à Niels, la marche du temps ne jouait pas en notre faveur : elle ravivait la plaie jusqu'au sang, jusqu'à l'os, comme une ampoule au pied qui ne cicatrise pas à force de frottements.

Tout comme les précédentes, la nuit n'a pas porté conseil, et ça n'a pas été mieux le lendemain. Ni les jours suivants. Je t'en voulais de t'enfermer non seulement dans ta chambre, mais aussi dans ton personnage. À double tour. Tu n'étais plus un gamin. À vingt-deux ans, on est capable de mettre de l'eau dans son vin. Ou dans sa Kro.

La bière, parlons-en. Lorsque tu es rentré, au petit jour, de ton festival de reggae – celui qui t'avait fait rester malgré le départ de Tania –, j'ai tout de suite compris que tu en étais imbibé. Je n'avais presque pas dormi. Je t'avais guetté, inquiet. À l'aube, je t'avais entendu arriver. Rien qu'à la façon avec laquelle tu avais ouvert le portail du garage, puis laissé tomber ton vélo avant de trébucher contre le mur, j'avais deviné dans quel état tu étais.

Je t'ai laissé cuver plusieurs heures, mais la suite m'a conforté dans mes craintes. Quand tu as déboulé vers midi dans la cuisine, précédé de ton chien géant, j'ai compris que des heures à être confit comme une mirabelle dans le sommeil du mauvais alcool ne t'avaient pas suffi. Tu te tenais debout, mais très mollement. La trace de l'oreiller te raidissait les cheveux. Tes vêtements étaient torchonnés, en vrille, immondes. Mais surtout, tu sentais la bière, l'urine, la boue et la transpiration. C'était une infection. Dans le simple grommellement de ton bonjour collectif, voix pâteuse et élocution approximative, j'ai pu humer à quel point ton haleine était chargée. J'ai pris sur moi.

— C'était bien, ce festival ?

— Ben oui, as-tu répondu sur le ton de l'évidence.

— Eh bien raconte !

— Ben, y avait du reggae, quoi...

— C'est tout ?

— Oui, c'est tout... pas de quoi épiloguer...

À vrai dire, ton festival, je n'en avais rien à faire. Je voulais juste meubler. Question de savoir vivre. La vérité c'est que, comme toujours, le cannabis et l'alcool te rendaient agressif, hagard. Tu étais complètement à l'ouest. Ainsi, alors que nous en étions, Anna et moi, à découper tomates et feta pour en faire une salade, tu as décidé que c'était l'heure du petit déjeuner. Et que nous pouvions bien te laisser un peu de place. Chancelant dangereusement à l'aplomb de la table, tu t'es mis à poser pêle-mêle la confiture, le beurre et la baguette au beau milieu de nos préparatifs, parmi le sel, le poivre et l'huile d'olive. Tout a failli valser.

— Hé ho ! ai-je hurlé.

— Quoi ?

— Comment ça, « quoi » ? Fais gaffe ! Tu poses tes trucs, là, comme ça... Tu as vu l'heure qu'il est ? Le restau est passé au service de midi, figure-toi !

— Oh là là... un déj c'est un déj... la bouffe, c'est la

bouffe...

Tu étais là, devant moi, avec ton grand dos courbe, en train de t'étaler, sans égards pour notre présence, te servant du café, ce café que je t'avais préparé, comme chaque jour, sans le moindre espoir de merci en retour. Tu étais arrogant, puant dans tous les sens du terme. J'ai commencé à voir rouge pour de bon. Un moment que ça couvait. Et là, ça devenait trop.

— Niels, arrête, là. Tu vas trop loin.

— C'est bon...

— Hein ?

Anna savait de quelle violence j'étais capable. C'était la violence des taiseux, des arrangeants, des gentils. Il était rare, vraiment très rare qu'elle se manifeste. Mais quand elle montait en moi, ça faisait comme une vague que rien, absolument rien, ne pouvait arrêter. Dans ces cas-là, j'étais capable de tout. Ce qui me mettait le plus en rage, au fond, c'était qu'on ait réussi à me mettre dans cet état. C'était de prendre acte, une fois de plus, de la défaite de l'intelligence. De ce genre d'explosion, je connaissais les signes avant-coureurs : il y avait d'abord un grand calme, une sorte d'immobilité, comme juste avant un tsunami. Et puis c'était un déchaînement.

— Niels, a suggéré Anna d'une voix douce, essaie de prendre moins de place, s'il te plaît... Tu sais, Mamine aime bien déjeuner à l'heure et...

— Elle est où, Mamine ?

— Au lac. Avec Hugo. Ils ne vont pas tarder.

C'est là que tu as fait le geste de trop. Tu as reculé ta chaise brusquement, prenant à témoin la scène, tes grands bras écartés, tes mains ouvertes, comme un type qui exige un constat devant son phare cassé.

— Au lac ? Ben alors tout va bien ! Qu'est-ce que vous allez me faire ch…

Je t'ai coupé net.

— T'allais dire quoi, là ?

Dans ma voix s'est créé comme une faille – des barrages de montagne se fissurent pour moins que ça. Tes épaules molles, tes mèches sales, tes pieds crasseux, ta désinvolture : je n'en pouvais plus.

Il y a eu un silence, comme une hésitation.

Puis tu as crié « Putain ! » en te levant d'un coup, en bousculant la table, en faisant déborder le bol, en répandant le café, en renversant ta chaise pour rejoindre ton antre.

J'ai regardé la chaise par terre, le café renversé, les tomates imbibées, Anna qui me fixait. Le barrage a cédé.

La vague m'a emporté.

Je me suis transformé en tsunami humain.

Ivre de fureur, je suis sorti de la cuisine, sur tes talons, à toute vitesse. Le crépi de la maison défilait sur ma droite – après coup, j'ai même pensé à Ventura dans *La Gifle*. Puis j'ai tourné à l'angle et la porte de ta chambre, cette petite porte en bois que tu venais de fermer, je l'ai ouverte d'un coup de pied. Tout est allé très vite. Tu t'es retourné, j'ai vu tes yeux terrorisés, tu as levé ton bras pour te protéger et le chien, d'un seul coup, s'est mis à aboyer, le regard fou, comme le tien. J'ai gueulé plus fort que lui.

— J'en peux plus ! Tu dégages ! Tu comprends ? Tu dégages !

Je t'accrochais le T-shirt comme un forcené. La colère

décuplait ma force. Toi qui me dépassais en taille, tu n'étais plus que poupée de chiffon. Tu gémissais, tu hoquetais. Et plus tu gémissais, plus le chien aboyait, bien campé sur ses pattes, poil dressé, crocs dehors et blancs de bave. Tu t'es posté derrière lui.

— Te gêne pas, lâche ton chien, ai-je grogné.

— Arrête, papa… Qu'est-ce que t'as ?

Tu avais la gorge sèche, la peur dans les yeux.

— Dégage !

— Mais pourquoi ?

De toutes mes forces j'ai frappé la porte du poing. Jusqu'à la sortir de ses gonds, elle aussi.

— Dégage ! Je veux plus te voir.

Dégage. Dégage. Je ne connaissais plus que ce mot. Je n'avais que lui à la bouche. Tu as calmé ton cerbère. J'en ai profité.

— J'en peux plus, Niels. Je te donne un quart d'heure. Dans un quart d'heure, tu es parti. Avec ton clebs. Tu m'as usé. Je suis à bout. Ça me rend très malheureux, mais c'est comme ça.

— Mais qu'est-ce que j'ai fait ?

— C'est une blague ? Dégage !

Tu as dégluti. Tu étais rouge, ta joue, ton cou, tes yeux aussi.

— Et Mamine ? as-tu supplié.

— Je lui dirai. Elle comprendra. Maintenant, tu fous le camp de cette maison.

Tu t'es littéralement laissé tomber sur un coin du lit, le chien assis à tes côtés. Puis tu es resté un long moment comme ça, en train de caresser Vaggy entre les oreilles. L'occasion pour moi d'incruster la scène dans mes rétines :

le grand matelas devenu un pucier, couvert de ton sac de couchage plein de poils, ceux de Vaggy qui dormait avec toi ; des paquets et des feuilles de Rizla+, des bouteilles vides par terre, des croquettes éparses ; sur le tapis, des traces de brûlé ; et puis, jeté dans un coin, ton fameux sac militaire dégueulant de linge sale, de bouquins au format de poche avec, au milieu, un ordinateur portable et un casque audio. De l'ensemble émanaient des relents de beuh, de vieilles chaussettes, de nourriture décomposée, de tabac froid et de bière renversée. Une odeur de local à poubelles, asphyxiante, oppressante.

Sur ce, déprimé, cassé, j'ai fait demi-tour, et je suis allé attendre dans une chaise longue. Je m'étais broyé les phalanges, j'avais la main droite en sang.

Un quart d'heure après, tu es apparu au débouché du petit sentier qui menait à ta chambre. En fait, tu repartais comme tu étais arrivé : pieds nus, pantalon de treillis, T-shirt tagué au marqueur, chevelure en bataille, sac militaire à l'épaule, avec le chien à tes côtés. Par réflexe je me suis levé, restant là, planté comme un idiot. Tu m'as lancé un regard, puis tu as dit au revoir à Anna, venue à ta rencontre.

— Vous embrasserez Mamine, as-tu murmuré.

— Promis.

— Et ça, c'est pour Hugo.

Sans façons, tu as déchiré une page de ton bloc. Y figurait un dessin de la dune et des pins, au crayon noir, avec le lac en second plan. C'était délicat et joli.

— On lui donnera, ai-je répondu, la gorge nouée.

À cet instant, mon cœur s'est mis à battre de façon

effrayante. Que nous était-il arrivé ?

Puis tu as tourné casaque et tu m'as regardé étrangement. Avec un mélange d'expectative et d'ironie qui me rappelait quelque chose – mais oui, la photo, la photo de tes treize ans avec ta chemise blanche. Ce que tu attendais, c'était peut-être que je te serre dans mes bras, tout simplement. J'en mourais d'envie, mais je ne l'ai pas fait. Pas davantage que devant l'immeuble de Suresnes. Je suis resté comme ça, sans bouger, droit dans mes bottes à côté de ma chaise longue. Un shérif satisfait de voir un desperado quitter enfin la ville. Mauvais western, décidément.

Alors tu as regardé droit devant toi, ni plus ni moins, et tu t'es mis en route. Quand tu as disparu au détour du jardin, j'ai gagné le portail. Anna m'a rejoint. Nous t'avons suivi des yeux, raide, ton sac pesant sur ton épaule et ton gros chien trottinant à tes côtés. Ne manquaient plus que le soleil couchant et une musique de fond – une musique de fin.

Mon petit garçon. Grandi trop vite. Était-ce le lac qui débordait ? La montée des eaux, déjà ? Dans mon regard, d'un coup, tu t'es noyé.

II

Deux années ont passé, sans que je reçoive le moindre signe de ta part, ou presque. Des nouvelles, j'en avais par Mamine qui, inlassablement, t'adressait par mandat un petit pécule mensuel. De quoi maintenir symboliquement le lien, te permettre d'acheter des pâtes et du riz, le minimum vital. Pour toute réponse à mes appels et à mes mails, je ne recueillais de mon côté que quelques mots lapidaires. Le minimum. Vital, là aussi.

Comme tout le monde pendant ces quelques mois, j'avais suivi de loin l'actualité de Notre-Dames-des-Landes. Après d'ultimes batailles rangées et d'âpres négociations, le projet d'aéroport avait finalement été abandonné. Pour des raisons électorales, le gouvernement avait donné des gages aux écologistes, qui avaient le vent en poupe. J'étais heureux pour vous. Mais sincèrement désolé pour les actionnaires de Vinci, qui ne pourraient pas s'offrir une nouvelle Lamborghini à Noël.

Je savais aussi que la ZAD avait été désertée par ses éléments les plus intéressants. Des médecins, des ingénieurs, des utopistes de tous poils qui avaient vraiment rêvé d'une nouvelle société. Excepté les tenants de projets élaborés en accord avec la préfecture – des renégats, à tes yeux –, la plupart de ceux qui demeuraient sur les lieux n'étaient pas là pour de bonnes raisons. Des rebuts de la société qui n'avaient nulle part où aller, des alcoolos, des traîne-savates. Pas la crème de la crème.

Tu étais malgré tout resté, comme une centaine d'autres, dans cette campagne de bocages, de bois et de marais. Tant que vous ne faisiez de mal à personne, qu'il n'y avait pas de trouble à l'ordre public et que vous cultiviez tranquillement votre jardin, vous étiez tolérés. Il y avait des rondes de gendarmes, bien sûr, mais la situation se calmait. Chacun son métier et les vaches étaient bien gardées, parmi moutons, biquettes, potagers et plants de tomates sans pesticides.

En réalité, c'était l'hiver qui m'inquiétait. L'hiver et son froid mouillé. L'hiver, et son eau gelée dans le seau. Avec lui, tu avais trouvé plus givré que toi.

Mais après tout, ton choix valait bien le nôtre. Le nôtre... Celui qui consistait à se lever chaque matin, en bon petit soldat, pour servir un système qui allait droit à sa perte. Crédit à payer, train de vie à maintenir, destinations à *faire* (« on a *fait* la Sicile »), bonheur factice à montrer sur les réseaux sociaux... Là non plus, les mauvaises raisons ne manquaient pas. Alpinistes amateurs, nous nous tenions tous par la barbichette, dépendant d'une seule et même cordée, et cette grappe surchargée dansait dangereusement au-dessus du gouffre. Peu importe la fin annoncée, l'humain est ainsi fait que seul le court terme trouve grâce à ses yeux. Alors oui, chaque matin, le regard braqué vers le sommet de nos carrières, nous plantions nos piolets dans la roche. Ceux-là mêmes qui, un jour, allaient se retourner contre nous pour nous frapper au front et nous précipiter dans le vide. De cette dégringolade, j'ai cruellement fait l'expérience. Le Covid étant passé par là, pour beaucoup, comme pour moi, il y a eu arrêt sur image.

*

En tant que rédacteur free-lance, cela faisait des années que je travaillais quasi exclusivement avec l'agence Parallèle. À ce titre, je passais au moins trois jours par semaine dans ce temple de la pub qui avait pignon sur rue au cœur du bien nommé Triangle d'Or, à Paris. Certes, j'avais pour clients d'autres structures, plus petites, mais pour l'essentiel je tirais mes revenus de ce partenariat. Ni les équipes, ni les comptes importants de l'agence n'avaient de secrets pour moi. C'était, comme on dit, un échange de bons procédés. Nous nous entendions bien. Du moins, c'était ce que je croyais.

C'est peu dire que je n'ai pas vu le coup venir. Pas mesuré combien une petite heure banale allait changer ma vie. Nous étions en automne, un vendredi soir comme les autres. Les bureaux se clairsemaient peu à peu. Seuls quelques graphistes un peu « charrette » traînaient encore, écouteurs sur les oreilles, occupés à terminer une mise en page avant le week-end. J'allais moi-même plier bagage lorsque Vincent, le boss de l'agence, a passé une tête.

— Tu as un moment avant de partir ?

Un peu étonné, j'ai accepté l'invitation. L'instant d'après, j'étais moelleusement en train de m'enfoncer dans le canapé en cuir de son repaire. Les parois de verre, les reproductions de Basquiat et de Haring, les trophées publicitaires négligemment posés sur les étagères, la réédition d'une lampe Gras sur le bureau, le mini-frigo Smeg rouge vif, les ouvrages d'art : ici, rien n'était anodin. Jusqu'à la caricature, chaque objet témoignait d'un bon goût obligé, le bon goût statutaire du quinqua qui a réussi dans la com.

J'ai regardé Vincent sortir deux verres et une bouteille de vin blanc. Ses gestes maladroits de faux buveur disaient mieux que tout discours combien la pub avait changé depuis les belles années. Oh, certes, elle avait toujours été une fille de joie, une énorme salope prête à monter avec n'importe qui pour du pognon. Mais au moins annonçait-elle la couleur, et sa faconde faisait son charme. Parce qu'elle était drôle et ne se prenait pas au sérieux, on finissait même par lui pardonner ses outrances, son maquillage tape-à-l'œil et sa façon de plumer le micheton en moins de temps qu'il n'en faut pour tourner aux Bahamas un film pour du jambon de Bayonne.

Mais là, à regarder mon « CEO » tout pâle se démener avec un tire-bouchon, je me suis dit que l'ancienne pute au grand cœur avait bien changé : maintenant, c'était sous les traits d'un petit cadre dirigeant en cachemire ras du coup qu'elle tapinait. Tentant d'aguicher sans le moindre scrupule tout ce qui pouvait payer, des fabricants de cigarettes aux cinglés de l'industrie agroalimentaire, dont les emballages plastiques flottaient par milliards sur les océans. Sans doute était-ce pour se rattraper qu'il portait des Veja, caution indispensable de tout écologiste aux petits pieds : *je quitte mon bureau en laissant toutes les lumières allumées puis, pour rentrer chez moi et accomplir l'équivalent de six stations en métro, je prends mon 4 x 4 BMW de fonction…*

Mais bien sûr, je n'oublie pas d'exiger « plus de green » de mes créatifs et je porte des baskets issues d'hévéa responsable. Non parce que c'est vertueux, mais parce que c'est tendance. L'imposture faite homme, jusqu'au bout des orteils.

— Pouilly-fumé, ça te va ?

— Parfait, merci...

Pouilly-fumé. L'un de mes vins préférés, comme par hasard. L'instant d'après, je regardais danser au fond de mon verre les reflets d'or du Ladoucette.

— Santé.

— Santé.

Le petit rond-de-cuir m'a regardé au-dessus de ses lunettes design. Quelque chose me dérangeait. Ces égards, ce moment, ce calme. Outre les arômes d'anis du divin breuvage, je humais à plein nez quelque chose d'anormal. La suite m'a conforté dans mes appréhensions.

— Comment ça va, sur les crèmes dessert ? Vous vous en êtes sortis ?

— Deux ou trois allers-retours, mais rien de bien méchant. Je crois qu'ils étaient contents.

Il a trempé les lèvres dans son verre.

— Et toi, ça va en ce moment ?

— Écoute oui... rien de particulier.

— Et ton fils ? J'ai entendu dire que...

— Rien de spécial, ai-je coupé court.

Il osait parler de toi. Mon talon d'Achille. Avec le pouilly, c'était sa deuxième arme pour m'amadouer. Il a repris une gorgée. Pour se donner du courage ? Sans doute. C'est là qu'il s'est lancé.

— En fait... je voulais te voir parce qu'au dernier Codir on a un peu parlé... de la situation de l'agence, bien sûr...

et de toi, en particulier.

— Ah oui ?

Il s'est légèrement empourpré. Son regard fuyait le mien. D'ailleurs, j'ai senti qu'à ce moment-là, c'est ça qu'il aurait aimé faire, de tout son être : fuir. Fuir le plus loin possible.

— Tu sais… en ce moment c'est pas simple pour l'agence. Tu as dû savoir qu'on avait paumé deux gros annonceurs pendant le confinement. Résultat, on a des commissaires aux comptes sur le dos… Bref, je ne te fais pas de dessin, le groupe veut qu'on fasse des efforts. Pour faire court : faut trouver des économies.

— Je vois…

« Des économies ». Sous-entendu : pas des économies sur les dividendes des actionnaires, sur les grosses voitures de fonction, les frais de voyage en business ou les salaires indécents de ceux-là mêmes qui, par leurs choix stratégiques foireux, avaient fait perdre de l'argent à l'agence. Non, de préférence des économies sur les gens, en chair et en os. Et en priorité sur les partenaires indépendants, éternelle variable d'ajustement dont le sacrifice ne coûtait rien à l'entreprise.

J'ai laissé planer un tel silence que, lorsque Vincent a avalé une nouvelle lampée de pouilly, sa déglutition a fait le bruit d'une chasse d'eau.

— Ce qui veut dire ?

Pas question de l'aider. Sa merde, c'était à lui de la faire passer. Quitte à tirer la chasse une deuxième fois.

— Ce qui veut dire qu'il va falloir changer notre mode de collaboration.

« Collaboration », c'était un mot qui sonnait

bizarrement, tout à coup. Avec son air veule et son phrasé gluant, j'ai soudain vu en Vincent l'un de ces Lacombe Lucien de l'entreprise moderne, prêts à tout pour sauver leur poste.

— À savoir ?

— À savoir que l'on doit trouver moins cher que toi. Donc plus junior, certes, mais aussi plus *digital friendly*. Je ne t'apprendrai rien en te disant qu'aujourd'hui le numérique est le nerf de la guerre. Toi tu es très bon, mais tu corresponds à une communication plus... classique. Aujourd'hui, on mise sur la nouvelle génération.

— La génération qui a un écran à la place du cerveau et qui ne sait pas écrire deux phrases sans faire douze fautes d'orthographe... « genre en mode trop stylé de ouf, quoi ». Tu as raison, ça va être bien.

— Écoute, ne le prends pas comme ça...

— Comment veux-tu que je le prenne, Vincent ? Ce que je pense, moi, c'est qu'il y a de la place pour tout le monde. Pour les millenials et pour les gens comme moi. Chacun son boulot. Les annonceurs auront toujours besoin de contenu. De *brand content*, pour parler dans notre novlangue préférée. Donc il faudra toujours des rédacteurs « classiques », comme tu dis, pour descendre du texte.

Le vin commençait à m'échauffer les sangs. Je n'en pouvais déjà plus de regarder ce type en train de pivoter sur son siège à hauteur modulable, bouffi de sa petite importance.

Il a regardé son smartphone vibrer, l'a coupé à regret, s'est resservi un verre sans m'en proposer – mauvais signe – et a continué d'une voix mal assurée :

— Tu sais… je n'ai pas vraiment le choix, en fait.

Je n'en croyais pas mes oreilles. Il avait déjà capitulé. J'ai tenté un baroud d'honneur.

— Mais on ne peut pas trouver une autre façon de bosser ensemble ? Une sorte de forfait, revu à la baisse en termes de temps… et d'argent… je ne sais pas, moi ! Il doit bien y avoir une solution !

Il s'attendait à cette réaction. Et il avait déjà tout préparé. Il avait creusé ma tombe, manches relevées, à grandes pelletées. Je n'avais plus qu'à m'y coucher.

— J'ai tout étudié… J'en ai même parlé à la DRH… Y a pas de solution intermédiaire…

L'alcool aidant, c'est là qu'il s'est enhardi.

— Les consignes, c'est de trancher. C'est comme ça.

— Mais c'est pas si simple… il y a des recours.

— Désolé, je ne peux rien faire.

J'ai toisé Vincent. Il avait une paire de lunettes. Il avait une paire de Veja. Et ça s'arrêtait là. De guerre lasse, en appeler à l'amitié m'est alors apparu comme une dernière chance.

— Écoute Vincent, on se connaît un peu, depuis le temps. Tu connais ma vie. Ce que tu m'annonces, tu sais ce que ça signifie pour moi ?

— Quoi ?

— D'être lâché comme ça, dans le vide, à cinquante-sept ans, comme free-lance dans un métier en pleine évolution que tu décris toi-même comme sinistré ? Tu sais ce que ça signifie ?

— Ben…

— Cherche pas. Ça signifie la mort, mon pote. Tu me mettrais un flingue sur la tempe, ça reviendrait au même.

Mais au moins ça aurait de la gueule.

J'ai repris un verre, d'autorité. Celui du condamné. Il ne me croyait pas.

— Tu ne trouves pas que tu exagères un peu, là...

— Hein ?

— T'as du réseau, les gens t'apprécient, t'es super bon...

— Ah ouais ? Tout ça ? Génial ! Alors pourquoi vous ne me gardez pas ?

— On doit trancher, je te dis. Les branches en trop. Tu crois que ça m'amuse ?

Là, j'ai eu une envie folle de lui coller une droite.

— Et moi, tu crois que ça m'amuse de me retrouver dans la merde parce que tu es incapable de plaider ma cause ? Tu réalises que je me suis cramé avec toutes les agences avec lesquelles je bossais ? Chaque fois qu'elles me contactaient, je leur disais que vous étiez prioritaires ! Une fois, deux fois, ça passe, mais à la longue, elles ont compris, figure-toi ! Et maintenant, pour elles, je suis complètement tricard. Rayé des listes. Si je les appelle, les mecs vont me rire au nez. Tu crois quoi ? Personne n'est irremplaçable. Dans mes fichiers, il ne me reste plus que les canards boiteux, les petites boîtes qui paient mal, quand elles paient. Et moi, j'ai quatre gamins, les loyers de l'appart, des dettes, des crédits. J'ai même pas droit aux Assedic. Je fais comment ?

Dès lors, je n'ai plus obtenu de sa part que des borborygmes et des protestations molles, d'où émergeaient des expressions toutes faites comme « pieds et poings liés », « ça vient de très haut », « contre mon gré ». J'ai versé dans mon verre les dernières gouttes de la bouteille mais nous n'allions sûrement pas nous marier dans l'année. Désormais à court de vin et d'arguments, je n'avais plus rien à dire. C'était ça ou rien, et ce « rien » était vertigineux.

— Allez, a-t-il murmuré de sa voix douce. T'inquiète pas, on te fera bosser... Pas dans le même cadre qu'avant, pas de façon aussi régulière... et peut-être pas au même tarif, mais on te fera bosser...

Par cette ultime humiliation, il me rappelait cette vérité, la pire : c'était lui qui avait la main. Que ça me plaise ou non. Je n'avais même pas les moyens de ma colère. Pas les moyens de partir en me drapant dans mon orgueil, et encore moins la possibilité de m'offrir le luxe ultime de lui fracasser la gueule. Non. Je devais m'écraser, espérer, et dire merci. Le calice jusqu'à la lie.

Dès lors, pourquoi rester un instant de plus dans ce canapé ? Je me suis levé, sonné, donneuse éborgnée par un julot âpre au gain. La fille de joie, en fait, c'était moi. J'ai murmuré un dernier : « Promis, vous penserez à moi ? » et il m'a répondu : « Compte sur nous » sans en penser un mot. Je n'étais ni digne, ni bravache, ni flamboyant. Juste un larbin bon pour la casse qui espère qu'on ne l'oubliera pas. C'est alors que la phrase du début, cette phrase anodine qui avait tout déclenché m'est revenue en mémoire, avec son pesant d'ironie : « Tu as un moment avant de partir ? »

Partir. Comme ce mot, avant l'entretien, me paraissait inoffensif !

J'ai entendu la porte du bureau se refermer derrière moi. J'ai rassemblé les trois bricoles qui se trouvaient près de mon ordi – des carnets, quelques feutres, des dossiers en cours. J'ai tout mis dans un sac en plastique et, ainsi lesté de ces vestiges et de mon amertume, j'ai pris l'ascenseur, salué le vigile et me suis retrouvé dans la rue Marbeuf. J'avais les jambes en sable, les yeux mouillés d'un enfant, le cœur battant. Comme au bon vieux temps, j'ai alors remonté la rue François Ier et j'ai échoué au grand café du coin, la Belle Ferronnière. C'est là que j'ai vidé une deuxième bouteille, sous l'œil désapprobateur du serveur à qui j'ai fait croire que j'attendais quelqu'un.

Je ne l'ai su que bien plus tard, mais avec la descente de cette bouteille a commencé aussi ma descente aux enfers. Murphy et sa fameuse loi s'en sont mêlés, déclenchant rapidement un jeu subtil d'engrenages. On aurait tort de sous-estimer cette mécanique infernale. Avec une précision d'horloger suisse, et sans le moindre bruit, elle vous conduit inéluctablement vers le déclin, puis le désespoir, puis en bout de course, la chute.

Car en réalité, ça va très vite. D'un jour à l'autre, ou presque, le téléphone ne sonne plus. Vous ouvrez vos mails, rien. LinkedIn, rien. Peu à peu, un poison se diffuse en vous qui vous donne l'impression que vous-même n'êtes plus *rien*. Vous tournez en rond, vous vous sentez vide, inutile, fatigué, vieux. Vous n'êtes plus le type drôle d'avant, vos amis ne vous appellent plus. Votre femme a d'abord des gestes tendres, compatissants, puis forcément elle se lasse – elle aussi a ses problèmes. Elle vous trouve sinistre, assez peu attirant, vous ne la séduisez plus et vous le sentez très bien. Et plus vous le sentez, plus vous êtes mal. Et plus vous êtes mal, moins vous êtes avenant, aimable, agréable.

En réalité, vous ne faites plus envie. Ni pour le boulot, ni pour le reste. Le manque de sommeil et les tourments nocturnes n'arrangent rien. Vous vous levez crevé, après des heures à vous retourner, et vous traînez les pieds, chiffonné. Vous buvez votre café sans dire un mot et c'est lugubre. Alors, bien sûr, vous vous laissez un peu aller. Votre ventre est comme vous, il commence à tomber, tremblote comme de la gelée au-dessus de la ceinture, et vous ne faites plus rien pour arrêter ça. C'est à peine si vous n'y trouvez pas une sorte de confort : c'est douloureux mais c'est douillet d'aller mal. Vous êtes là, hébété, devant un robinet coupé. Celui de votre existence sur terre. Plus d'argent, plus d'amour, plus d'humour, plus d'estime de soi, plus de désir, ça sonne creux et rouillé. Ce n'est pas encore vraiment la mort – sinon une mort sociale –, mais ce n'est plus vraiment la vie dans ce qu'elle a de palpitant, d'enthousiasmant, d'optimiste. C'est une vie par défaut. Une sorte de *non-vie*.

*

Je le savais, c'était ça qui m'attendait : devenir un *non-vivant*. Et ça n'a pas traîné. Le soir même, quand je suis rentré chez moi, Anna m'a cueilli à froid. J'étais visiblement ivre mort, comment avais-je osé conduire dans cet état-là ? J'étais malade ou quoi ? Oui, j'étais malade. À en vomir. Et d'abord, j'étais où ? Avec Vincent, OK, et alors ? Jusqu'à cette heure-ci ? Ah, seul ? À La Grande Ferronnière ? Oui, elle connaissait, merci. Et pourquoi je n'avais pas prévenu ? Je la prenais pour qui ? Une conne ? Putain, mais elle était morte d'inquiétude ! Pardon...

quoi, « pardon » ? Mais ça ne suffisait pas, merde ! C'était toujours pareil avec moi. Chier, à la fin. C'était compliqué d'envoyer un texto ? de passer un coup de fil ? Oui, on allait en reparler. Dès le lendemain. Enfin, le lendemain... on s'entend : tout à l'heure, quoi. OK pour dormir dans le canapé.

Je me suis retrouvé sur ce foutu sofa, en chien de fusil, coincé par ma grande taille entre deux accoudoirs, avec, jeté sur moi, un édredon trop fin. J'ai eu froid toute la nuit. Au matin, entre deux cils et deux orages sous mon crâne, j'ai aperçu la silhouette d'Hugo approcher à pas de loup. Puis j'ai entendu, étouffés, les habituels bruits du samedi avant le départ pour le marché : les bols que l'on pose, l'ouverture du frigo, la boîte de céréales secouée sans ménagement, la chasse d'eau, les dernières injonctions – *Tu as fait pipi ? Attache vite tes lacets !* – et enfin la porte de l'entrée qui claque. C'était l'horreur à quel point j'avais la migraine. Ce n'était même pas une gueule de bois, c'était une gueule d'acier qu'un ferronnier zélé cabossait à coups de marteau. La boucle se bouclait avec La Belle Ferronnière.

Anna sortie, j'ai alors regagné mon vrai lit. Le lit conjugal, désert. Après la raideur du canapé, retrouver le moelleux du matelas, la tiédeur d'une couette familière et le parfum de ma femme dans les oreillers m'a fait replonger avec bonheur dans le sommeil. C'était compter sans le retour de celle-ci, bien plus rapide que prévu. Alors que je venais de sombrer, j'ai entendu la serrure s'actionner, la porte s'ouvrir et, une fois les clés balancées dans un coin, des pas s'approcher. Au marché du quartier, elle n'avait pas pris un café avec ses copines habituelles, ni badiné en chemin. Non. Elle avait décidé de rentrer tout droit, avec la ferme intention de me passer un savon avant que j'aie pris ma douche. Pire encore : avant même mon café. Et moi, j'avais le foie qui macérait dans les vapeurs d'alcool, un goût amer dans la bouche, la langue râpeuse, le crâne en feu. Parler, bouger, faire le moindre effort m'était un supplice. Mais c'était ainsi. À présent, mon bourreau se tenait devant moi, dans la chambre, bien campé sur ses jambes.

— Bon alors ?

Voilà. Ça commençait. L'interrogatoire.

— Alors quoi ?

Mauvaise réponse.

— Tu te fous de moi ? Hier soir ? Qu'est-ce qui s'est passé ?

J'ai supplié. J'étais une merde.

— Je vais te raconter, promis... mais d'abord il me faut un Doliprane. Et une douche. Et un café. Hein ?

— OK, m'a-t-elle lancé avec une sorte de dégoût. De toute façon, on a tout le temps.

*

Elle a eu tout le temps, en effet. Tout le temps d'écouter le récit décousu que je lui ai servi d'une voix de pochetron, en dépit du marteau piqueur qui me forait le crâne. Tout le temps de me traîner dans la boue, une fois achevée cette litanie minable. J'étais vraiment une loque, un moins que rien. Car enfin, quoi ? C'était tout ? C'était comme ça que je m'étais défendu face à ces pourris ? En partant la queue basse, congédié comme un laquais ? En allant m'arsouiller dans le premier rade venu, pour donner une dimension bien romanesque à mon désarroi de loser ? Putain mais merde, je réalisais, oui ou non ? « On te fera bosser », ils en avaient de bonnes ! Se refaire un portefeuille de clients, super, et par quel moyen ? LinkedIn ? Le réseau ? Conneries ! Le temps que ça reprenne, comment on allait faire, pour les courses, les charges, le loyer, les impôts, tout ?

Elle était comme ça, Anna, entière. Et puis l'orage passait, son cœur lourd crevait, se déversant d'un coup en une pluie de larmes. Quand elle s'attendrissait ainsi, j'en profitais toujours pour la prendre dans mes bras, tenter de la façonner à mes désirs – ou à mes illusions –, lisser ses peurs d'une paume fébrile. Ce que je caressais alors, en réalité, c'était surtout l'espoir de retrouver grâce à ses yeux.

Ce matin-là, ça a un peu marché. L'arrivée inopinée d'Hugo n'y a pas été pour rien, puisqu'il m'a permis en un clin d'œil d'endosser le costume du papa touchant, alcoolisé, certes, mais parfait tout de même avec son fils. En plus, c'était vrai, j'étais tellement soulagé de le voir ! Tellement heureux de respirer la tiédeur de ses joues et de sa tignasse.

— C'était bien le marché ?

— Ils m'ont donné des fraises. Trop bonnes.

Être père était décidément mon rôle fétiche. J'ai juste pris garde, à ce moment-là, à ne pas en rajouter : le gentil papa, la jolie maman, l'espiègle fiston, le tout dans un charmant quatre-pièces du quartier des Batignolles avec juste ce qu'il faut de cheminées, de moulures, de jouets épars et de bouquins, ça vous avait un faux air de réclame bébête pour les SUV ou les assurances vie. Quelque chose de trop artificiel pour être vrai. C'est là que j'ai arrêté mon cirque. Dégrisé d'un coup.

*

Dans les premiers temps, j'ai pratiqué la méthode Coué, trouvant coûte que coûte de l'agrément à ma nouvelle vie. Je pouvais enfin aller déposer puis chercher Hugo à l'école, faire des démarches administratives aux heures creuses. Anna s'habituait à ce nouvel ordre des choses, plutôt heureuse que je soulage son agenda – au moins faisions-nous des économies de nounou. Pour m'assurer son indulgence, je faisais la vaisselle, le ménage, le repassage, descendais les poubelles, et aux économies de nounou s'ajoutait l'avantage de se dispenser de femme de ménage. J'étais une vraie petite ménagère au foyer des années 1960, fière de son robot mixer et de son réfrigérateur. Ne me manquaient que le twin-set et le chignon choucroute.

Entre deux missions domestiques, ordinateur sous le bras, je me posais dans un café pour réactiver mes réseaux, lancer mes lignes sur LinkedIn dans l'espoir que ça morde. Comme prévu, les clients auxquels j'avais si souvent dit non m'avaient remplacé. Beaucoup d'agences bricolaient en interne, employant des stagiaires et des alternants pour dégrossir le travail. Fini la belle époque : les agences de publicité n'avaient plus un sou. Un jour de fin août, j'ai poussé la porte de l'une d'elles, la gueule enfarinée. Partout, des bureaux déserts. J'ai lancé à la cantonade :

— Ben alors, tout le monde est en vacances ?

Et, du fond d'un couloir, une voix esseulée m'a répondu :

— Non, tout le monde a été viré.

J'ai vite compris que le moindre prospectus faisait l'objet d'un appel d'offres où tout était permis.

Les plus faibles vendaient leurs murs, changeaient de locaux, partaient en banlieue pour partager un espace de coworking. Et, bien sûr, licenciaient à tour de bras. Seules les grosses structures, au gré des fusions et sous l'influence de *cost killers* féroces, s'en sortaient à peu près. Quand d'aventure on me donnait un os à ronger, les conditions étaient scandaleuses en termes d'honoraires. Mais c'était à prendre ou à laisser.

Hélas, ce que j'ai cru être une mauvaise passe a finalement duré. Des semaines, puis des mois. Un temps, je n'avais vu là que le syndrome bien connu des indépendants : le téléphone sonne toujours ou trop, ou pas assez. Mais cette fois, c'était grave, car le « pas assez » se transformait en « plus du tout ». Chaque journée ressemblait à la précédente. Et à la suivante, au geste près. Je me distrayais en me rendant au Franprix du coin, histoire de dire bonjour à un humain, d'hésiter devant une viande et de repartir avec du vin. Avoir les dents violettes, je m'en foutais : je ne souriais plus. Cette couille molle de Vincent avait raison : il n'y en avait plus que pour les millenials qui pissaient de la *punch line* sur les réseaux sociaux. Les agences digitales avaient des besoins pressants.

En somme, j'étais sans filet. Un artisan sans commande, ni plus ni moins. Un garagiste sans voiture à réparer. L'un de ces restaurateurs tristes que l'on voit, le soir, devant une salle vide, guettant le client tandis qu'en face, dans l'établissement rival, la salle est comble. Moi aussi, je scrutais, à l'affût. Les sites d'annonces, Isarta, Joblift, Cadre Emploi, tout ce qui bougeait. En vain. Et les charges s'accumulaient, comme la neige sur une route dont on se dit que, très vite, avec des pneus lisses, on ne pourra plus l'emprunter. Loyer. Urssaf. Caisse de retraite. TVA. Emprunts étudiants des filles. Crédits. Gaz, électricité. Assurance habitation, assurance civile, assurance auto. Mutuelle. Essence. Le tout sans le moindre rond qui rentre, ou si peu. Juste l'impression d'être suspendu au-dessus du vide, au bout d'une corde effilochée.

*

Un jour, n'ayant plus rien à perdre, j'ai rappelé en *face time* le directeur de création de l'agence, Max, avec qui j'avais souvent fait équipe. Il était en Provence, merci le télétravail. Son visage bronzé m'est apparu en contre-plongée, sous cet angle si typique des appels en visio. L'air de rien, l'air badin, je lui ai proposé de reprendre notre collaboration. C'était trop bête, quand même. Un peu embarrassé, il m'a affirmé se sentir *coupable*, lui, l'homme de gauche, de ce qui s'était passé. Mais qu'il ne pouvait rien à la situation.

Coupable ? C'était beaucoup dire. Au bout de douze minutes, jugeant close notre entrevue, je l'ai vu se lever en direct, ordinateur à la main.

— Regarde, ça va te plaire ! m'a-t-il lancé avec l'enthousiasme.

L'idée était de me gratifier d'une visite virtuelle de sa toute nouvelle maison dans le Luberon. C'était gigantesque, ça résonnait, même à distance ça sentait la peinture fraîche. Les travaux venaient d'être terminés, excepté la piscine, qui serait bientôt en eau. De fait, lorsqu'il est sorti dans le jardin, toujours avec son ordi en guise de caméra, j'ai pu constater qu'une noria d'ouvriers suait sous le soleil, au son des cigales. Eux, pour le coup, étaient en eau depuis un bon moment. À force d'allégeance à la World Company, mon ex-copain avait basculé, comme les autres, du côté obscur de la force. Avant de me replier son écran au nez, il m'a proposé de venir quand je voulais. Dans sa maison, il y avait des chambres d'amis.

*

De mon côté, pas de piscine prévue dans l'immédiat. Plutôt un grand plongeon jusqu'à toucher le fond. Car fatalement, le temps des impayés et des relances était arrivé. Lettres de recouvrement. De rappel. Pénalités. Agios. Frais bancaires. Mises en demeure. Menaces d'huissier commençant toujours, et si hypocritement, par le fameux : *sauf erreur ou omission de notre part...* Or il n'y avait jamais erreur ni omission. Jamais. L'erreur, c'était moi, la manière avec laquelle j'avais mené ma barque, échouée sur trop de sédiments accumulés. Et cette erreur, il me fallait la réparer d'urgence, si je ne voulais pas tout entraîner dans mon naufrage. Ma famille. Anna, avec qui je devenais odieux à force de nuits blanches et de dépression larvée. Hugo, que j'envoyais dans sa chambre pour un rien. Mes filles, que je n'appelais plus par fatigue, pas plus que je n'appelais ma mère ou mes amis. J'étais un pantin cassé, tête penchée sur l'épaule, foutu.

Réparer, réparer, c'était mon idée fixe. Dans les bons jours, je tentais l'impossible. Obtenir des échéanciers de remboursement de la part des administrations. Trouver la bonne formule, drôle, diplomatique, pour relancer un ancien client. Contacter le conseiller bancaire avec des mots choisis pour solliciter sa clémence au sujet d'un chèque qui allait se présenter... Rien à faire. De même qu'on a coutume de dire que l'argent appelle l'argent, il est juste d'affirmer que la dette appelle la dette. Cercle vertueux et cercle vicieux, même logique. Mais pas même combat.

Ceux pour qui être nanti est aussi naturel que de respirer ignorent ceci : à un moment, l'argent n'a plus rien d'abstrait, il n'a plus rien à voir avec un code IBAN ou un numéro de carte bancaire. Il devient effroyablement concret, réduit à sa simple matérialité de pièces en métal ou de billets en papier, aussi tangible que des bonbons dans un sac. Autrement dit, ne plus rien avoir sur son compte ou dans son porte-monnaie, c'est ne plus pouvoir acheter une baguette. Ni un ticket de métro, ou alors demi-tarif. Ni de l'essence pour sa voiture. C'est ne plus aller chez le médecin, chez le dentiste. Ne plus pouvoir téléphoner – abonnement coupé. C'est piocher dans la tirelire de son fils, rouge de honte, en se jurant qu'on le remboursera très vite. C'est trembler dans une crêperie, devant ses amis, au moment de payer par carte. C'est tirer du liquide avant, par précaution, des fois que le distributeur automatique serait dans un bon jour. C'est s'enfoncer, ajouter le mal au mal. C'est perdre son temps, perdre ses nerfs, avoir mal, devenir fou.

Moi qui avais toujours traité l'argent avec désinvolture, fustigeant les maniaques de la calculette et les rois de la thésaurisation, voilà qu'il occupait mes pensées jour et nuit. Jusqu'alors, à mes yeux, l'humanité se divisait en deux : ceux qui avaient le sens de l'argent, comme on a le sens du rythme, et ceux qui se passaient très bien de cette disposition innée. Je faisais clairement partie de la seconde et en concevais une certaine fierté : loin de moi la mesquinerie, je ne mangeais pas de ce pain-là ! Comme je la regrettais, cette posture, à présent ! L'argent, il ne faut jamais le mépriser. Jamais. Faute de quoi il vous rappelle tôt ou tard à son bon souvenir.

C'était le cas, désormais. J'avais plus que jamais le cœur battant quand je glissais ma carte bancaire dans un boîtier de paiement. Sur l'écran, les trois mots *autorisation en cours* me semblaient durer des heures. Mais finalement, par miracle, la machine crachotait, le ticket s'imprimait. Et puis un jour, c'est arrivé, je me suis retrouvé au bout du rouleau.

— Autorisation refusée, monsieur.

— Vous pouvez réessayer ? Ce n'est pas possible.

— Je suis navré, monsieur, ça ne passe pas.

J'ai baragouiné des excuses – « j'ai dû me tromper de carte » – avant de laisser là mes courses, sans demander mon reste. À présent, je ne pouvais plus faire de chèques, plus tirer d'argent, rien. Pour moi, le système s'arrêtait là. Notre système.

*

Corollaire de cet état de fait, tout m'insupportait,

forcément. Les gens dans la rue, les postiers avec leur vélo, les cadres sup à mallette, les artisans, les chauffeurs de bus, les commerçants, tous ces citoyens normaux qui avaient une vie normale, avec un boulot normal, un salaire normal, et qui rentraient le soir chez eux avec le sentiment du devoir accompli.

Les dîners en ville, n'en parlons pas. Je n'en pouvais plus des *goody goodies*, ces bluffeurs désireux de présenter leur vie comme un clip sur écran plat. À les entendre, tout allait toujours bien, madame la marquise ! Les riches et les pauvres, oh là là, y en avait toujours eu, fallait bien que le marché fonctionne ! Les feux de forêt, les inondations, les catastrophes, mais enfin c'était vieux comme le monde ! En eux je voyais des carnassiers hors sol qui dansaient tous dans la même ronde, pourvu que ça crache et que ce soit défiscalisé. Ici, des avocats prêts à défendre les pires causes – multinationales du pesticide ou ministres corrompus. Là, des hommes d'affaires acharnés à refourguer leur yaourt ou leur shampoing lissant à des pays émergents qui, jusque-là, s'en passaient très bien, créant des besoins et de la pollution là où il n'y en avait pas. Ici encore, des lobbyistes lapant leur soupe là où elle était bonne, sans trop savoir de quoi elle était faite. Une seule patrie, le business, une seule religion, l'ultralibéralisme, un seul totem, le pognon. Les pires étant ceux qui, par volonté de connivence avec moi, se faisaient passer pour plus fauchés qu'ils n'étaient.

En réalité, tous se tenaient par la main, l'important étant de jouir du Disneyland planétaire avant l'apocalypse. Vite, vite, profiter de la neige avant qu'elle ne fonde. Vite, faire des safaris-photos avant que les dernières girafes n'aient disparu. Et les poster sur Insta.

Vite, vite, prendre l'avion pour un oui ou pour un non, aller se dorer le nombril aux Maldives avant qu'elles ne soient sous l'eau. Et en attendant, vendre, acheter, placer, spéculer sur les dernières terres vierges ou vaguement dans leur jus. Se nourrir sur la bête avant qu'elle ne s'effondre. Après les hyènes, le Déluge. Les enfants réussiraient bien à se débrouiller. Riches du patrimoine de leurs parents et dûment mariés entre rejetons de clans semblables, ils deviendraient nouveaux nomades et s'installeraient en Suisse, au Canada ou en Scandinavie, là où l'air est plus pur et les espaces, plus vastes.

Entre deux bouchées, les Marie-Chantal me lançaient un distrait :

— Alors comme ça, c'est dur le boulot ?...

Ce à quoi j'avais envie de répondre – en m'en abstenant bien :

— C'est pas que c'est dur, chérie-chérie, c'est que c'est l'horreur, c'est que je n'ai plus un client, plus un euro, peut-être bientôt plus de femme, que je vais droit dans le mur, que la semaine qui vient, et la semaine suivante, c'est le désert, que je n'ai plus rien à attendre qu'une vie hypothéquée, RIEN, sinon des dettes, des agios, des coups de fil de la banque et des visites d'huissiers... Et au bout du tunnel, au mieux un bon ulcère, au pire un infarctus. Attention, je ne te parle pas d'ajourner les travaux dans ma cuisine, là. Ni de reporter un séjour à Lisbonne. Je te parle de bouffer, d'exister, de survivre. Tu comprends ? Non ?... Ça ne m'étonne pas. En attendant, sois gentille, tu veux ? Fais comme avec ta jolie valise Rimowa dernier cri : boucle-la.

Du reste, quitte à parler voyage, j'avais une autre

option. Partir, mais pour de bon. Définitivement. Combien de fois, après une nouvelle nuit de torture, en avais-je eu l'idée ? Elle était simple comme bonjour et se résumait ainsi : un beau jour, me lever, prendre un café vite fait, me doucher, mettre un costard chic et un peu d'eau de toilette, virilement, sur mes joues ; cacher mes larmes ; embrasser sur le front ma femme et mon petit garçon, comme le font les papas qui partent pour le bureau – bonne journée mes chéris, à ce soir ; puis ouvrir grand la fenêtre et prendre mon envol, du quatrième étage.

*

Je ne l'ai pas fait, « pour le meilleur et pour le pire ». Après tout, devant monsieur le curé, c'était la formule consacrée. N'empêche qu'avec Anna, c'était devenu tendu. À force d'entendre à longueur de journée que la vie de son mari était un ratage complet, un rendez-vous manqué, elle a commencé à en être elle-même persuadée. C'était horrible. Plus elle faisait des étincelles dans son travail, plus je me morfondais dans la platitude de ma vie minuscule. Quand elle était là, elle me voyait tourner en rond, tout stupide devant les photos de souvenirs heureux aimantées sur le frigo. Nous dérivions loin l'un de l'autre, au gré du ressac.

Puis il y a eu l'erreur de trop. Pour calmer un huissier, j'ai un jour bradé en catastrophe la voiture familiale sur un site de vente en ligne.

— Tu as fait *quoi* ?

— Vendu le break. Pas le choix. C'était ça ou une

nouvelle menace de saisie.

— C'est à ce point-là, tes soucis d'argent ?

— C'est à un point que tu n'imagines même pas.

J'ai dû tout raconter à la femme qui partageait ma vie. Bien sûr, elle se doutait que j'avais des problèmes, d'énormes problèmes, elle voyait bien que je rongeais mon frein, mais de là à imaginer la montagne de dettes que j'avais accumulées...

— Combien ?

— Beaucoup.

— Beaucoup comment ?

— Plus de cent vingt mille euros.

À l'énoncé de ce chiffre, Anna est d'abord restée silencieuse. Puis elle m'a annoncé, d'une voix aussi blanche que son visage, qu'il était temps pour elle de se *protéger*. Ainsi que Hugo, cela allait sans dire.

Le lendemain, elle a tout arraché. Sarclé, nettoyé. Nos souvenirs, notre histoire, notre vie. Jusqu'au dernier brin d'herbe, aux racines profondes. Elle a commencé par poser sa journée, prétextant un peu de fièvre. Elle s'est préparé un thé. Elle a ensuite appelé l'agence immobilière qui nous louait l'appartement pour résilier le contrat avec un préavis d'un mois. Puis, dans la foulée, après une autre gorgée, elle a cherché en ligne un deux-pièces à louer. Pour elle et Hugo. Le temps qu'elle se pose, qu'elle s'organise. Qu'elle en finisse avec le compte commun et en ouvre un à son nom. Le temps que je réalise dans quel abyssal fossé de merde j'avais plongé ma famille. Pour la suite, on allait aviser. Mais, pour le moment, c'était ça ou le divorce. Je l'ai crue sur parole.

*

Alors à défaut d'ouvrir une fenêtre et de prendre mon envol, j'ai sauté.

Sauté le pas.

J'en ai pris l'initiative, juste à temps. La fierté était mon dernier luxe. J'ai embrassé mon fils en me cachant de son regard, prétextant un voyage pour le travail, tu parles. Puis j'ai étreint Anna, sans m'appesantir. À bout de forces, d'espoir, j'ai quitté l'appartement, avec dans mon sac à dos un duvet de couchage, le minimum pour vivre et, dans mes poches, les quelques euros qu'il me restait. Et je me suis posté à l'entrée du pont de Sèvres, en jean, parka, pull camionneur, chaussures de montagne. Passe-partout, en somme. Je ne savais pas comment j'avais échoué là. En revanche, pour la première fois depuis longtemps, je savais où j'allais.

Je ne pensais pas que je resterais si longtemps à attendre. Mais à force de regarder les voitures me passer devant par myriades, au moins ai-je eu le loisir de faire aussi défiler devant mes yeux les images des dernières journées, ces journées fatidiques qui m'avaient mené à cet endroit. Là s'arrêtait la glissade des derniers temps, là commençait une nouvelle ère. C'était en mai, il faisait beau. Sur mon panneau étaient inscrites les six lettres de ma rédemption : Nantes.

Un type s'est enfin arrêté, qui pouvait me déposer au péage de Saint-Arnoux. Après, il suivait l'A10 plein sud en direction de Bordeaux, tandis que moi, je bifurquais vers Le Mans, Angers et Nantes. Son Opel poussive sentait la chaussette et l'essence, mais l'homme était affable et observateur.

— Vous avez remarqué que les mecs qui conduisent des bagnoles à cent mille balles font toujours la gueule ?

— Pas faux...

— Ils devraient être heureux, merde ! Avec ce genre de caisse, en général, y a tout qui suit : super-baraque, super-nana, et tout le toutim. Eh ben non. Y font la tronche. Ça doit faire viril, j'imagine. Dans les camionnettes, au moins, ça rigole !

Et il rigolait. Quand il m'a déposé sur l'aire juste après le péage, il m'a souhaité bonne chance, bonne journée et « tout le toutim ». Cette expression, c'était son truc. Pour un peu je l'aurais rebaptisé : Jean-Patrick Touletoutim et son Opel Corsa.

Sur l'aire d'autoroute, j'ai encore attendu un bon moment. De jolies familles s'arrêtaient pour faire une pause. Le monospace se garait et d'un coup, toutes les portes s'ouvraient en ailes de papillon. Les enfants sortaient se dégourdir les jambes, le chien allait musarder dans l'herbe, on jetait les déchets du pique-nique à la poubelle, le père fumait une clope, la maman s'étirait, prête à prendre le relais au volant. J'avais le cœur serré. Ces jolies tribus, c'était moi il n'y avait pas si longtemps. Je me reconnaissais en elles. Même insouciance sereine des gens dans les clous, bien organisés, pour qui le bonheur va de soi. Combien de fois avais-je offert le même spectacle sans me rendre compte qu'à deux pas de là un type mort de tristesse en était le témoin ? *Pourquoi les gens heureux sont-ils toujours un peu cruels ?* s'interroge la chanson. J'avais la réponse sous les yeux.

On a fini par me ramasser. Un commercial un peu neurasthénique qui faisait l'aller-retour Nantes-Paris je ne sais combien de fois par mois. Il me faisait penser à Jean Rochefort dans *Tandem*. Ne pas être seul dans sa Mégane le changeait de sa routine. On a écouté Radio-Autoroutes du début à la fin du trajet, 107.7 à fond. Rien ne nous a été épargné, ni les infos routières, ni les objets tombés sur la voie, ni les animaux errants ou encore, à hauteur du Mans, l'histoire de la rillette à travers les âges.

— *Rabelais, déjà, parlait de cette « brune confiture », de même que Balzac, dans les mêmes termes. Et l'un et l'autre ont bien utilisé l'adjectif « brune », caractéristique des rillettes de Tours, et non pas « rose », caractéristique des rillettes du Mans.*

Ce débit remplissait l'habitacle d'une eau tiède assez apaisante. Après tout, ça m'allait. Je n'avais aucune envie de parler. Quand mon chauffeur de hasard m'a laissé au nord de Nantes, non loin d'un bled appelé Orvault, j'ai eu l'impression de sortir d'un bain de vapeur. En presque quatre heures de route, arrêt essence et pause-café compris, nous avions échangé moins de cinquante mots.

Je me suis posté à l'affût, au lieu-dit Le bois Raguenet, à deux jets de balle d'un golf assez cossu. Une seule pensée me rassurait : j'avais atteint un point de non-retour. Rebrousser chemin aurait été ridicule. Je devais aller jusqu'au bout.

Un conducteur serviable et un « merci ! » plus tard, j'ai enfin atteint mon but. J'y étais. Heureusement, car l'après-midi était déjà bien entamée au soleil printanier du bocage vendéen. Ce que j'ai reconnu en premier, c'était la route départementale 281, vue et revue dans les journaux télévisés chaque fois qu'ils traitaient de Notre-Dame-des-Landes. Un frisson m'a parcouru l'échine. Lorsque la fourgonnette qui m'avait déposé a disparu à l'horizon, quand le bruit de son moteur s'est évanoui dans le lointain, une chose m'a frappé : la paix qui régnait en ces lieux, bercée par le bruissement des feuilles de châtaigner, le concert des oiseaux qui y nichaient, à peine troublée par des voix lointaines. L'eau, aussi, l'eau s'imposait immédiatement. Se voyant, se respirant de partout. L'eau des ruisseaux, des marécages, des mortes et des mares reflétant les frondaisons.

J'ai marché un moment. Enfin, au sortir d'un virage, j'ai aperçu de loin le point de contrôle marquant l'entrée de la ZAD. Un Checkpoint Charlie version sylvestre. Il annonçait la succession de ralentissements qui jalonnaient la route sur trois kilomètres, de part et d'autre de la chaussée. C'était à ces obstacles conçus pour entraver la progression des gendarmes en cas d'évacuation forcée que la RD281 devait son nom de « route des chicanes ». Un symbole de lutte, hérissé de redoutes et de pièges, en lieu et place d'un innocent tronçon campagnard.

Je me suis approché. Le ton était donné. Se dressait devant moi un édifice étrange, d'une dizaine de mètres de hauteur, coiffé d'un toit pointu de plaques de tôle. On aurait juré une sorte de fusée tordue, inapte au décollage. L'un de ses étages était fait d'une bâche bleue, le reste de planches disjointes. Faisant office de pas de tir, d'immenses tôles ondulées ceinturaient sa base. Elles étaient peintes d'une gigantesque tête de mort qui, pour être intimidante, n'en était pas moins belle, et bien réalisée. Au sol, un triangle de chantier invitait à ralentir tandis qu'un gros panneau explicitait le message : *Roule au pas ou roule pas.*

Ce n'était pas tout. L'ensemble était flanqué d'une structure similaire, érigée de l'autre côté de la route. Cette jumelle était tout aussi foutraque, mais exclusivement constituée de palettes de chantier, tendues elles aussi de bâches bleues. Ce pendant plastifié achevait de donner au checkpoint son aspect défensif tandis que, partout autour, la rébellion annonçait la couleur à grands coups de pneus et de plots bariolés. Ici, comme l'anarchie, le tag était roi. C'était d'ailleurs un paradoxe qui frappait au premier coup d'œil : une impression assumée de décharge publique, criarde, violente, comme un mal nécessaire conçu pour faire contraste avec une nature sereine, intacte et défendue comme telle.

J'ai continué mon chemin. Tout était à l'avenant. Carcasses de voitures, plots en béton, engins de terrassement, cadres de vélo et arbres couchés s'égrenaient le long du parcours dans un chaos organisé. J'ai même vu une antique coque de 420, jetée en travers d'un sentier! Et des panneaux, toujours des panneaux, frappés de lettres rouge sang:

Vous entrez en territoire libre!
Balance ton aéroporc!
Crashe-toi tu pues.

Un type à bonnet noir m'a scanné de la tête aux pieds du haut de son mirador naturel, perché dans les feuillages. Attentivement, certes, mais sans animosité. Avec ma vieille parka et mon sac à dos élimé, j'avais presque l'uniforme requis. Rien de suspect, en tout cas. Rien qui puisse déranger en quoi que ce soit les individus que je croisais de temps à autre. Eux aussi étaient vigilants, mais plus par réflexe que par hostilité.

Dreadlocks, barbes, chignons, treillis, crânes rasés et queues-de-rat, nuques longues et nattes, mèches roses, rouges, vertes, cagoules, chemises canadiennes, sarouels, tatouages, T-shirts militants, ponchos péruviens, jeunes idéalistes ou anciens activistes... Plus je m'enfonçais dans la ZAD, plus je m'apercevais qu'il y avait de tout dans la population que je croisais. Ils étaient zadistes avant d'être hommes ou femmes, jeunes ou vieux. Les tenues n'étaient que peu marquées par le genre, c'était indifférent, tout se mélangeait en un vaste patchwork de vêtements bigarrés, plus ou moins crasseux, plus ou moins usés.

En revanche, beaucoup avaient ce point commun: un bâton de marcheur, des bottes bien crottées, une capuche jusqu'aux yeux. Cette dégaine générale, voilà ce qui conférait aux groupes en mouvement des allures de jacquerie – du moins devant les caméras. En vérité, l'ambiance était tout autre. Joyeuse, mystérieuse aussi. Partout, ça bougeait, ça résonnait dans les bois. Il y avait des voix, des aboiements, des rires d'enfants. Au loin, parfois, le meuglement d'une vache, le chant d'un coq. Des bruits sourds de cognées. Des silhouettes apparaissaient, disparaissaient au détour des taillis bruissant dans le vent, des haies, des bosquets. Il régnait dans ces clairs-obscurs une étrange ambiance, mi-cathédrale mi-Arche de Noé, mi-sanctuaire mi-camp de vacances. Et de cette réalité je m'imprégnais un peu plus à chaque pas, ouvrant grand mes yeux, mes narines, mes oreilles, mes chakras. Après des mois d'asphyxie, je respirais enfin.

Je me suis approché d'un grand bâtiment, planté au milieu d'une aire à l'herbe un peu mitée, au carrefour de différents chemins. Des notes de ragtime, martelées au piano, s'en échappaient. Je me sentais mal à l'aise de débarquer ainsi, en touriste, au beau milieu de cette scène. Un rien voyeur, un rien inquisiteur, avec l'impression – bien légitime – de ne pas être à ma place. Ce n'était sans doute pas le sujet : ici, dès lors qu'on ne portait ni uniforme bleu, ni bouclier, ni matraque, on avait sa place, au même titre qu'une libellule, un chat errant ou un merisier.

L'entrée de cette ferme toute de bois et de tôle était frappée d'un nom cloué à la va-vite : *L'Aubergine*. Jeu de mots bien trouvé car de fait, sitôt la porte franchie, tout indiquait que c'était bel et bien dans une sorte d'auberge que l'on se trouvait. En même temps que la musique maintenant plus présente, des tables en bois massif accueillaient le visiteur, assorties de leurs bancs dépareillés. Au mur, punaisées autour d'une fresque figurant un arbre, se chevauchaient des affiches pour des spectacles, des rencontres, des débats.

Oui aux oisillons, non aux avions.
Ni procès, ni expulsions.

Quant à la mélodie, elle provenait d'une estrade de fortune. Là se donnait le plus improbable des concerts : les fesses enfoncées dans le cannage crevé d'une chaise de bistrot, le visage caché par une capuche noire et un foulard remonté sur le nez, un type s'acharnait sur un piano au clavier édenté. Totalement à son jeu, loin de tout, virtuose, il jouait son air de ragtime pour le monde entier sans rien demander à personne. Sur l'instrument était posée la tête en cire d'un soldat, une rose plantée dans le front et une fourchette dans le cou.

Fasciné, j'ai tout fait pour ne pas le déranger. Sur le plancher en bois, mes pas résonnaient malgré tout. J'ai préféré me rabattre sur l'autre bout de la salle, où trônaient, alignés, des buffets de guingois et des étagères dont l'accès était barré par un colossal comptoir en planches brutes. Le tout croulait sous les boîtes de conserve, les bocaux, les légumes, les paniers, les ustensiles, les piles d'assiettes, les ingrédients de toutes sortes. Une vraie caverne d'Ali Baba, un peu chancelante, rafistolée, mais abondante. Sur une balance Roberval voisinant avec des cagettes empilées, une ardoise annonçait le « Menu des habitués » : œufs mimosas, pâtes et carottes, cassoulet et riz au lait… C'était drôle, ça rimait, ça sonnait comme un poème. Était-ce l'ami pianiste le maître des lieux ? Sans doute pas : une femme a surgi de l'arrière-cuisine, l'air affairé.

— Salut.

Soixante-dix ans au moins, une allure incroyable. Des yeux myosotis derrière des lunettes rondes. Un béret de travers, à la Che Guevara, enfoncée sur de beaux cheveux blancs lui cascadant jusqu'aux épaules. Un foulard de Gavroche noué vite fait sur le col d'une veste en velours côtelé noire. Sans doute un passé d'artiste, de peintre, d'actrice de théâtre niché dans chaque ride de son beau visage. Un visage fermé, pour le moment. Je la dérangeais.

— Bonjour…, ai-je murmuré, m'arrêtant juste à temps avant un « Madame » qui m'aurait excommunié sur-le-champ. Ce serait possible d'avoir…

— Oui ?

— Quelque chose à boire ?

— J'ai de la bière des Fosses Noires, comme d'habitude. À peu près fraîche, on a eu un souci sur le groupe électro. Ça t'ira ?

— Fosses Noires, top.

J'ai pris un air habitué alors que je ne possédais pas les codes. J'avais l'impression d'avoir la mention « Apte au bizutage » taguée en rose bonbon sur le front.

Elle m'a servi, se radoucissant un peu.

— Une Fosses Noires, une.

— Merci… je vous dois combien ?

Là, tout s'est arrêté. Un déclic « pause » sur une télécommande imaginaire. Elle m'a d'abord regardé avec des yeux aussi ronds que ses lorgnons cerclés. Puis elle est partie dans un rire tellement tonitruant que les murs, les assiettes et les verres en ont tremblé de concert. L'air de piano a stoppé net, ça valait le coup de tendre l'oreille, capuche ou pas.

— Tu peux répéter ?

— Je voulais savoir... combien je vous devais.

Elle a ri à nouveau, prenant le pianiste à témoin, mais sans malveillance, avec même un soupçon d'attendrissement dans les yeux. Puis son hilarité s'en est allée aussi vite qu'elle était arrivée. Sur sa belle figure, son mikado de rides s'est remis en place. Elle me regardait maintenant avec une fausse sévérité, que j'ai jugée de bon augure.

— Tu débarques, toi. Je me trompe ?

— Ben... non. Enfin, oui, je débarque. Complètement, même.

Le type au foulard s'est remis à jouer. La vie reprenait son train habituel. La reine des lieux ne s'y est pas trompée.

— Je vois... Alors primo : ici, c'est « tu », pas « vous ». « Vous », tu oublies. C'est pour les bourgeois, les gens de la télé et les politicards pourris jusqu'à l'os. Tu ne verras jamais un camarade vouvoyer un camarade.

— OK...

— Deuzio : pour la bière ou pour n'importe quoi, tu laisses ce que tu veux. Ou ce que tu peux. Sur toute la ZAD, c'est prix libre ou même gratuité sur le pain, les fruits et les légumes. Et tu sais pourquoi ?

— Ben...

— Parce qu'ici, on est sur une zone d'expérimentation de vie en société non marchande. Ça veut dire qu'on rejette la loi de l'offre et de la demande. Et que le but ultime, c'est l'autosuffisance alimentaire.

— OK...

— Tertio, je m'appelle Armande. Comme Armande

Béjart. Et j'en suis pas peu fière. Tu vois le truc ? Qu'est-ce que tu veux, mes parents, ils aimaient Molière. J'aurais été un mec, j'étais bon pour Jean-Baptiste. Le nom d'un saint ! T'imagines ?

Elle a rigolé, retournant à ses affaires, nettoyant ici des couverts, là passant un coup d'éponge sur de vieux faitouts à fond brûlé. Je me suis lancé.

— Armande ?

— Ah, c'est mieux.

— Je peux vous... te demander un truc ?

— J'ai eu peur. Je t'écoute.

— Je cherche quelqu'un ici... Niels.

J'ai vu ses sourcils se froncer d'un coup derrière ses verres d'animatrice de MJC. Qu'est-ce que tu avais encore fait ? Pourquoi cette réaction ?

— Niels ?

— Oui.

— Et qu'est-ce que tu lui veux ? Tu viens d'où ?

— De Paris. C'est mon... neveu.

— Sûr ?

— Sûr.

— OK. Tu sais, ici, y en a beaucoup qui se font appeler par un faux prénom. Rapport à nos amis de la maréchaussée. Mais si c'est le même Niels dont on parle...

— Un grand type efflanqué, bonne gueule, les cheveux roux foncé, auburn, comme du feu...

— Avec un petit chien et une grande blonde ?

— Avec un grand chien et une petite brune.

Elle m'a fait un clin d'œil, tout à fait irrésistible. Je me suis demandé combien d'acteurs et de metteurs en scène y avaient succombé.

— Bien répondu, j'ai essayé de te piéger. Désolée, mais ici… on se méfie un peu. Bon, on parle bien du même lascar. Ton Niels, tu le trouveras dans une cabane du côté de Bellevue. Pas très loin d'ici.

— Merci… et j'y vais comment, à… Bellevue ?

Armande a souri. Elle a apostrophé le pianiste.

— Fats, pour aller à Bellevue, c'est quoi le plus court ?

— Le chemin à droite en sortant, tout droit, et à la vieille ferme, il verra l'éolienne au loin. La cabane de Niels est juste à côté, dans la clairière, on peut pas se tromper. C'est celle où y a le drapeau de pirate. Et la carcasse de 4L à côté.

— Merci !

J'étais sidéré. Il avait entendu la question, première prouesse, et y avait répondu tout en continuant à pianoter, seconde prouesse.

— Bonne oreille, ai-je dit à Armande.

— Tu m'étonnes ! Tu as vu comment il joue ?

— J'ai vu… enfin, entendu. Fats, c'est comme Fats Waller ?

— Tout juste !… Ça lui va bien, je trouve.

J'avais marqué un point. J'en ai marqué un deuxième :

— J'adore ce pianiste.

— Pareil. J'ai tous ses disques ! De temps en temps, je les passe. T'auras qu'à venir…

— Sans faute, merci…

J'ai commencé à fouiller dans ma poche, à la recherche de monnaie.

— … En attendant, je vais y aller…

Armande a posé la main sur mon épaule.

— Laisse. La prochaine fois. Aujourd'hui, c'est pour

moi. Hospitalité zadiste. Par contre…

Elle m'a tendu une feuille de chou mal imprimée, en papier recyclé, intitulée *ZAD News*.

— … tu prends ça avec toi. Tout est là-dedans.

— Merci…

— Merci qui ? Mamie Nova ?

— Merci, Armande.

— C'est bien, tu apprends vite. Allez, file, et ne te perds pas en route. Salut.

— Salut.

Elle avait disparu. Je la regrettais déjà. J'ai alors salué Fats, qui m'a lancé un vague sourire dans l'ombre de sa capuche de moine franciscain – presque une bénédiction. Puis je me suis élancé direction l'éolienne et le drapeau de pirate, le cœur battant comme un tambour, à la recherche de mon grand fils. Te retrouver, enfin.

Le chemin s'annonçait beau. J'avais lu quelque part que la ZAD couvrait pas moins de mille six cents hectares de bois et d'étangs, de chemins creux et de prairies : pas question de m'égarer entre une futaie perdue et une mare au diable. Mon sac sur le dos, mes gros croquenots déjà crottés de couleur locale – boue et herbes collées à la semelle –, j'avais le sentiment d'entamer une visite en terre inconnue.

Mon regard a d'abord été attiré par le fameux « phare », star des télévisions, symbole de la lutte, dont on disait qu'il avait été construit à l'endroit même où la tour de contrôle du futur aéroport aurait dû être érigée. Avec son poste de vigie rouge au toit conique, l'ancien pylône à étages se dressait désormais comme un sémaphore au milieu d'un océan de verdure. À ses pieds, un immense bâtiment, pareil à un vieux cargo sur cales et nimbé de vols d'oiseaux, parachevait cette étrange vision maritime. *Zapatistes, envahissez-nous !* pouvait-on lire sur une banderole suspendue à son franc-bord. Non loin, quelqu'un jouait des congas, frappait comme un sourd, mais je ne le voyais pas.

Ma traversée ne faisait que commencer. Je dépassai

des cabanes au hasard du chemin, à la conception plus ou moins improvisée, voire complètement farfelue. L'une d'elles, juchée en haut d'un talus de pierres, était une vraie maison de Dame Tartine, avec ses châssis de fenêtres sertis dans des murs en torchis et sa toiture en branchages. Une autre, tout droit sortie d'un train fantôme, ouvrait une porte en forme de bouche noire, vous fixait de ses fenêtres tordues, et l'édifice entier semblait mou et mouvant comme une montre de Dali. Plus loin, en cheminant, j'ai vu une drôle de yourte chapeautée de tôle, un petit ranch avec son toril et des vieux fourgons transformés en habitations, puis, plus loin encore, une tonne de pêcheurs posée sur un étang, au milieu d'une sorte de mangrove locale faite d'arbres tombés, aux branches grises et entrelacées...

Si la plupart tenaient plus du baraquement ou de la caravane que de la vraie maison, certaines détonnaient par leur aspect coquet et joliment pensé. Certes, elles n'échappaient pas aux tags omniprésents et au désordre à ciel ouvert qui caractérisait les lieux – motoculteur abandonné, caisses de stocks militaires, palettes de stockage empilées. Mais pour le reste, elles avaient du style. L'une de ces constructions m'a particulièrement frappé : avec son auvent, sa terrasse en bois, ses étagères extérieures où s'alignaient des bottes, ses outils de jardins accrochés par ordre de taille décroissant, elle n'aurait pas déparé dans la rubrique « ma cabane de Robinson » d'un magazine chic et urbain. Seul un détail, mais pas des moindres, trahissait la volonté des habitants de ne céder ni aux codes ni aux modes : un énorme et obscène fauteuil genre Cuir Center posé dans la loggia, couleur moutarde des années 1980, ni décalé ni vintage : juste moche, sans doute récupéré dans une décharge malgré son irrécupérable laideur.

À mesure que je m'enfonçais loin des lieux névralgiques de l'enceinte, je croisais de moins en moins de zadistes. Une grappe, de temps à autre, revenant d'un lieu de coupe, j'imagine, ou d'une ferme des environs, où beaucoup allaient donner un coup de main à tel agriculteur soutenant le mouvement. Ils portaient cirés, ponchos, vestes dénichées dans des surplus. Sans oublier les bottes de rigueur et les sempiternelles capuches baissées jusqu'aux yeux, réflexe de clandestin. J'avais droit à un signe de tête, un petit sourire, ni plus ni moins chaleureux que dans n'importe quel parc ou jardin public.

— Bonjour…

— 'lut.

Comme eux, après tout, j'allais mon chemin. Un chemin peuplé parfois de poules ou de canards. Ici un potager sauvage, là quelques chèvres. Ici un sourire : *Attention, moutons méchants.* Là un brin de poésie amère : *Ils ont tenté de nous enterrer, mais ils ont oublié que nous sommes des graines.* En pleine forêt, un type à cheveux longs, torse nu, lisait un bouquin assis sur un siège de voiture. À une croisée des chemins, d'énormes poubelles étaient taguées : *Encore un chien mort, cimer.* À ce moment-là, on n'entendait que le bourdonnement des insectes et, plus haut, les chants d'oiseaux.

Après quelques centaines de mètres encore, je l'ai vue tout à coup. Ma boussole, mon repère. Ma flèche de Notre-Dame. Elle ? La fameuse éolienne artisanale, brandissant dans le ciel, tel un poing levé, son hélice à grosses pales. On l'aurait dit sortie d'une ville fantôme de l'Ouest américain, entre Steinbeck et John Ford, avec barrières paddocks, carriole abandonnée et vieux réservoir d'eau à échelle latérale – *old water tower tank...* Mais rien de tout cela. Visible de loin, elle se trouvait bel et bien en France, en plein pays nantais, au cœur des prés et des marécages. Et ce qu'elle indiquait valait toutes les ruées vers l'or : *ta* cabane, installée dans les parages. Chaque pas accompli me rapprochait de toi. Augmentait mon angoisse. Faisait monter mon trac.

J'étais sous une voûte d'arbre qui s'est soudain interrompue, débouchant sur une vaste clairière. Je me suis arrêté. À une centaine de mètres à droite, l'éolienne s'élevait en pied, de toute sa hauteur, allongeant une ombre interminable au soleil déclinant. À gauche en contrebas, une route vicinale laissait paisiblement l'herbe brouter son goudron. Mais c'était droit devant qu'il fallait regarder. Au premier plan, un chêne fabuleux élevait ses branches dans une parade feuillue digne d'un paon faisant le beau. Le jour y pénétrait à peine, mais laissait assez de transparence pour que l'on puisse distinguer ce qui se cachait derrière : une tête de mort.

Il était là, le drapeau de pirate. Elle était là, ta cabane. À proximité, en effet, une 4L désossée terminait sa vie au milieu des fougères. Mon cœur s'est mis à battre cinquante fois plus fort que les congas de tout à l'heure. Au bout de cette allée, j'étais tétanisé. Derrière moi, ça chuchotait, ça bruissait, ça complotait. Je me suis retourné : personne. C'étaient juste les arbres qui m'encourageaient. De toute leur force, du bout de leurs branches, de leurs feuilles palmées aux longs doigts nervurés, ils me poussaient dans le dos. Je n'avais plus le choix. Je me suis avancé, en sueur, la gorge sèche. D'un coup c'était ma vie, et mes regrets, et toutes mes espérances que je portais sur le dos.

Dans la lumière dorée grouillante de moucherons, je me suis approché, l'œil fixé sur ton château. Le chêne s'est effacé, coulissant sur la gauche puis s'escamotant presque, mû par l'invisible machinerie d'un décor de théâtre. Plus rien n'existait que cette cabane en face de moi, avec sa hampe oblique battant pavillon pirate. Lui faisant des yeux ronds, deux bouées étaient accrochées à sa façade – en prévision du grand raz de marée annoncé ? Je ne les avais pas remarquées sur tes photos, à Lacanau.

Pour le reste, ton chez-toi correspondait en tout point à ce que tu m'en avais montré – avec sa bâche bleue, ses murs de planches et sa terrasse en palettes jointes. Mais elle était plus grande, et plus belle que je ne l'avais imaginé. D'une poésie incroyable, en fait, à mi-chemin entre un bidonville et le palais du Facteur Cheval. J'ai tout de suite adoré son mur en bois mais aussi en torchis, orné de gravures en forme de poissons, d'oiseaux, et ponctué de bouteilles translucides aux reflets vert émeraude ; son tuyau de poêle qui lui sortait tout droit du toit, comme la cheminée d'un fier petit vapeur partant pour le large ; ses deux châssis de fenêtres jaunes et rouges, décorés à la manière d'un chalet tyrolien ; et, pour finir, son auvent de tôle ondulée, qui lui faisait comme une casquette. *Soyons naturels*, telle était l'injonction qui y était taguée en toutes lettres.

Un aboiement m'a fait sursauter. Vaggy fonçait vers moi ! En arrière-plan, Tania tentait vainement de le retenir. Ils étaient sans doute sortis des bois, sur ma droite, du côté de l'éolienne. Tu n'étais pas là. Quant au molosse, il me tenait maintenant en respect, grognant tous crocs dehors. J'ai juste lancé un « Vaggy ! » comme on lance un bout de bois. Il l'a attrapé au vol, me reconnaissant aussitôt et venant réclamer des caresses, oreilles couchées et queue remuante, avec sa bonne gueule de chien qui sourit.

— C'est moi, Vaggy, tu me reconnais ?

Tania aussi m'avait reconnu. Elle avançait vers moi, perplexe, d'un pas lent. « *Soyons naturels* ». Facile à dire. J'ai réussi à lui sourire. Encore à bonne distance, elle m'a longuement regardé. Elle portait une jupe ample aux motifs provençaux, des motifs de nappe, me suis-je dit, et un haut à bretelles, simple, joli. Ses cheveux corbeau avaient poussé, ça lui allait bien. Deux ou trois nouveaux tatouages à la base du cou, mais rien de plus. Nous nous sommes dit bonjour. Elle m'a annoncé que tu te trouvais au Hangar, le Hangar de l'Avenir, où tu travaillais le bois. Tu n'allais pas tarder.

Nous avons gagné les abords de la maison, votre *home sweet home,* comme elle disait, le chien tout content sillonnant la prairie pour me montrer qu'il était chez lui. Tania m'a proposé de l'eau, m'a invité à m'asseoir sur le canapé installé dehors – un canapé défoncé, à la couleur incertaine, mais offrant l'air de rien l'une des plus belles vues du monde. Je me suis assis, j'ai bu, tout était simple et limpide. Puis elle m'a seulement dit, avec sa franchise coutumière :

— Niels va être surpris. Je préfère ne pas vous faire visiter. Que ce soit lui qui le fasse, s'il le souhaite. On va l'attendre, vous êtes d'accord ?

J'étais d'accord. Après tout, elle était chez elle. J'ai regardé mon téléphone pour me donner une contenance.

Tania a ajouté avec une drôle de moue :

— Parfois ça passe mal, par ici.

Nous avons ainsi devisé un moment, comme deux personnes bien élevées buvant le thé dans un cottage anglais. De tout, de rien, de Mamine, d'Hugo, de Jade et Line. Je ne m'en rendais pas compte, mais je n'en avais que pour toi : avais-tu des projets ? Et tes dents, ça allait mieux ? Tu travaillais souvent au Hangar ? Elle me répondait par des phrases vagues, désireuse de ne pas trop en dire. C'est alors que ses yeux, imperceptiblement, ont dévié des miens pour fixer quelque chose au-delà de mon épaule.

— Quand on parle du loup..., a-t-elle murmuré.

Je me suis retourné, le cœur à exploser. C'était bien toi, au loin, débouchant du chemin. Tu marchais tête baissée, légèrement aveuglé par le soleil à son déclin, et sans doute la cabane était-elle pour toi plongée dans le contre-jour. Puis, après quelques pas, tu as levé la tête, tu as regardé vers nous, la main en visière au-dessus des yeux. Et tu as stoppé net, comme tétanisé. Arrêté par une balle dans ta course tranquille. Tu m'avais senti, j'imagine, à l'instinct. Flairé dans l'air du soir, truffe au vent.

Après quelques secondes, tu as consenti à reprendre ta marche, à contrecœur semblait-il, tant il y avait à présent dans ton attitude quelque chose de retenu. De suspendu. Une défiance nouvelle.

Je me suis levé pour t'accueillir. Toi, tu t'es arrêté à quelques pas de moi, sans un mot. Tu avais de la sciure plein ton T-Shirt, plein ton pantalon de treillis remonté jusqu'aux genoux. Tes croquenots eux aussi étaient poudrés d'or et dans tes cheveux embroussaillés, plus flamboyants que jamais sous ce ciel de printemps, deux ou trois copeaux de bois te faisaient des boucles supplémentaires. Enfin, tu as ouvert la bouche, dans un rictus qui n'augurait rien de bon.

— Alors ? On est venu voir la réserve d'hommes préhistoriques ?

Il y a eu sur ma gauche un couinement de souris. Tania contenait un fou rire. C'était de bonne guerre. Mais c'était la guerre quand même. Tu as respiré à fond. Puis le coup est parti.

— Comment tu oses être là, papa ?

Le « papa » m'a transpercé. Une flèche empoisonnée. Une deuxième a suivi, plus dévastatrice encore :

— Tu m'as viré de chez toi, tu te souviens ? Il y a deux ans, maintenant. Alors je te le redemande : comment tu oses venir ici ?

— Je sais, ai-je gémi après un silence. Je regrette... pardon.

C'est là que tu as décoché ton troisième projectile, mortel. Juste un sifflement, entre tes dents.

— Pars, s'il te plaît.

— Niels, écoute... j'ai fait toute cette route...

— Pars !

— On peut parler, quand même... je suis venu pour ça...

— Non, on ne peut pas parler. On ne peut pas parler avec toi. En plus on part demain, on a un plan avec Tania pour aller travailler dans des vignes. Tu m'as assez fait chier avec ça. Je vais gagner des ronds, t'es content ? Du pognon, du flouze. J'ai retenu la leçon. Alors dégage, papa. Dégage !

Touché. En plein cœur. *Dégage*. Le même mot que le mien, deux ans auparavant. Tu t'es avancé, me dominant d'une demi-tête. Tes yeux de miel m'ont foudroyé, et tu m'as contourné comme un simple obstacle, une vieille souche qui n'avait rien à faire là. Puis tu es rentré chez toi.

Tania n'a pas su quoi dire. Vaggy était couché à ses pieds, attendant, comme sa maîtresse, que l'orage soit passé. Je n'avais plus la force de me battre, ni de supplier. Je n'étais plus ce père qui avait chassé son fils de chez lui, si fort de son autorité de patriarche. De l'eau avait coulé sous les ponts. J'étais fatigué, vraiment. Alors, la tête basse, les yeux rouges, oui, je suis parti. Sans faire d'histoires, j'ai « dégagé ». À mon tour d'être perdu. J'ai essayé d'appeler Anna, ma bouée, mon ancrage. Pas de réseau. J'ai bougé, me suis rapproché d'une grosse cabane. Pas de réseau. J'ai levé mon portable, l'ai dirigé vers le sol, le ciel, les trouées dans les arbres – on aurait dit le professeur Tournesol avec son pendule. Mais ces tâtonnements de radiesthésiste amateur n'ont rien donné. J'ai alors marché deux cents mètres en direction du phare. Enfin deux petites barres sur l'écran. Tonalités. Anna a décroché.

— Allô ?

Cette voix.

— C'est moi... Ça va ?

— Comme ça... Et toi ?

— Pareil... Et Hugo ?

— Son père lui manque.

— Lui aussi. Vous aussi.

Elle a toussé, s'est raclé la gorge.

— Tu es où ?

— Notre-Dame-des-Landes.

— J'en étais sûre.

Un ange est passé.

— Tu as vu Niels ?
— Oui.
— Et alors ?
— Pas ravi de me voir. Mais ça va s'arranger.
Dans le téléphone, ça grésillait. Le bruit de la mer, me suis-je dit.
— Vous êtes chez tes parents ?
— Oui.
— Jusqu'à quand ?
— Jusqu'à...
Nouvelle interruption, juste une rumeur dans mon coquillage. Puis ce rappel à l'ordre, après un long soupir :
— Écoute, Éric, ne te méprends pas. J'ai décroché pour savoir si tu allais bien. Tu vas bien, tant mieux. Maintenant, je crois qu'il faut nous laisser un peu de temps, à tous les trois, tu ne crois pas ? Un peu de recul. On en a besoin. Ne gâche pas cette chance. Appelle-moi seulement s'il y a un gros problème, OK ?
— OK...
— En attendant, porte-toi bien. Et embrasse Niels et Tania pour moi.
— Sans faute. Je me disais juste que...
— Excuse-moi mais je vais raccrocher, Éric.
— Je comprends. Je vous... Embrasse Hugo pour moi. Très fort.
— Je le ferai. Salut.
— Salut.
Les quatre lettres d'Anna sont apparues sur l'écran, tellement lumineuses, puis tout s'est éteint. Et je me suis retrouvé en plein soleil, avec le chagrin d'un enfant qui a peur dans le noir.

Si l'heure du jour hésitait entre chien et loup, alors assurément tu étais le loup et moi, le chien errant. Mon obsession a tout de suite été de trouver un refuge, car la nuit s'annonçait sur la ZAD de Notre-Dame-des-Landes. Déjà, les sous-bois s'épaississaient d'obscurité, les chemins de terre devenaient cendre, les mares d'un noir d'encre. Un abri, il fallait que je trouve un abri pour la nuit, n'importe quoi mais quelque chose qui me protège un peu du froid. Ce fameux froid qui, à entendre tes récits, m'avait tant inquiété. À l'époque, c'était pour toi que je tremblais. À présent, je frissonnais. Trop tard pour reprendre la route. Le lendemain, j'aviserais.

Je l'avais déjà ressenti en mer ou en montagne : d'un seul coup d'un seul, sans prévenir, la nature peut changer de visage. Se retourner comme un gant. La mer si bleue, si douce une heure auparavant peut se muer en furie à l'approche de nuages lourds et menaçants. La montagne si riante se transforme soudain en monstre hostile et froid, les cimes comme des dents, les gorges effrayantes, à y laisser sa peau.

Ici, c'était pareil. À mesure que tombait la nuit, et

la température avec elle, la campagne de carte postale sombrait dans un magma de brouillard et de bruits suspects. Fini les rires d'enfants, les voix au loin, les notes de piano et les vaches pour boîtes de chocolats suisses. À présent tout n'était que glouglous, chuchotis, clapots au cœur de la pénombre. Formes indistinctes, angoissantes. Ronces qui s'accrochaient, me déchiraient la main. Branchages qui me giflaient. Ornières qui m'entravaient. Je ne voyais plus mon chemin, la lune était cachée. Heureusement, j'avais sur moi une bonne lampe torche, des bougies et une boîte d'allumettes, réflexe gardé de mes bivouacs d'étudiant, quand nous partions entre copains faire du camping sauvage.

C'est alors qu'enfin j'ai trouvé mon bonheur. Un bonheur tout relatif, mais on s'adapte vite. Dans le halo rond de ma Maglite, il s'est présenté sous la forme d'un amas de gravats, de planches et de bâches, de tôles et de tissus s'étalant en étoile sur une dizaine de mètres. Un squat détruit par les forces de l'ordre, sans doute. Début 2018, après l'abandon du projet d'aéroport et le début des expulsions, ces cabanes de fortune avaient été nombreuses à subir le même sort. Éventrées d'un simple coup de tractopelle, aplaties sous les chenilles. Telle la Bergerie des 100 noms, symbole de l'incompréhension, démolie par les gendarmes.

Comme tout le monde, j'avais vu les images sur les chaînes infos et ce saccage m'avait écœuré. Qu'avaient-elles fait de mal, ces bicoques de noix, sinon symboliser une autre vie possible ? En quoi gênaient-elles, alors qu'à un jet de pierre de là proliféraient les zones péri-urbaines, les ronds-points immondes et les centres commerciaux ?

Elles n'étaient rien d'autre, les pauvres, que des perchoirs à oiseaux, des paradis d'insectes, des nids pour humains. Une somme industrieuse de brins de paille, de matériaux récupérés, rien que des maisons de poupée. C'était ce rêve piétiné qui crissait sous mes semelles, en miettes de bois, en éboulis. Le temps d'une nuit, j'ai eu à cœur de ressusciter un peu les lieux. Avais-je le choix ?

À la lumière de la lampe, je me suis mis au travail, avec le peu de forces qui me restaient, car j'étais épuisé. De cet effondrement, j'ai pu extraire assez vite une partie du bâti, de quoi constituer un abri couchage d'un petit mètre de hauteur, en planches et en tôle ondulée. J'ai refermé le tout à l'aide d'un panneau de signalisation routière, un de ces panneaux de fléchage qui indiquent les virages serrés – de fait, ma vie était en train de prendre un sacré tournant.

Une demi-heure plus tard, ma bannette prenait forme, à peine plus large qu'un cercueil. J'ai pu achever de la couvrir grâce à des cartons d'emballage dénichés dans les fourrés. J'ai ensuite colmaté les brèches avec des branches et un peu de terre, l'ai calée avec des bidons – anciens réservoirs d'une douche bricolée, j'imagine. Ne manquait que le matelas. Des coussins de balancelle ont fait l'affaire. Éparpillés dans les fourrés, je les ai repérés à leur garniture plastifiée, scintillante dans le faisceau lumineux. Ils étaient humides à souhait, à moitié mangés par la pourriture… et je n'osais imaginer la taille des araignées qui devaient y nicher. Mais je n'avais qu'une idée en tête : y étendre mon duvet et me coucher. Ce que j'ai fait, après m'être couvert de tous les vêtements contenus dans mon sac – un pull camionneur et une deuxième paire de chaussettes. Le pire, c'est que je n'étais pas si mal. Pour le reste, on aviserait demain. En attendant... *Booz, les yeux fermés, gisait sous la feuillée...*

Mais Booz ne s'est pas vraiment endormi et mes yeux, en vérité, je ne les ai pas fermés longtemps. Autour de moi, pendant toute la nuit, ça craquait, ça couinait, ça hululait, ça chuintait, ça faisait des sons non répertoriés par les naturalistes. Chouettes, mulots, couleuvres, musaraignes, grenouilles, que sais-je encore, rivalisaient de vigueur nocturne. Faisaient les intéressants. Me montraient ce dont ils étaient capables, à moi, le citadin. J'ai alors mesuré à quel point nous ne sommes plus habitués à la vie sauvage, tellement pollués que nous sommes par la rumeur urbaine. Une pluie de décibels, un nappage de sons qui nous bercent malgré nous.

Là, c'était différent. Le silence parfait faisait caisse de résonance jusqu'à ne plus exister, étouffé par les bruits que lui-même autorisait. C'était le serpent qui se mordait la queue. Une vraie petite Amazonie à la mode vendéenne. Et moi, je bivouaquais au milieu de tout ça, tyrannisé mais consentant, torturé par les morsures de l'humidité et les millions de bourreaux qui m'empêchaient de basculer dans le sommeil. On ne peut rien contre le bruit et le froid mouillé qui vous pénètre jusqu'aux os. Aussi est-ce recru de fatigue, frigorifié, les yeux bouffis et des crampes dans les jambes que j'ai enfin senti le jour poindre derrière mes paupières. Miracle, le matin était là.

Le bel au Bois dormant n'avait pas fière allure. Dans de grands froissements je me suis extrait de ma gangue pour mieux juger de la situation autour de moi. Il faisait plutôt beau. Les oiseaux chantaient. Et les fantômes nocturnes m'apparaissaient sous leur vrai jour. En fait, mon campement s'avérait occuper une petite clairière, cachée derrière un rideau de hêtres, de châtaigniers et de noisetiers dont les troncs émergeaient de buissons touffus – ceux qui m'avaient lacéré les mollets pendant la nuit. Non loin miroitait la surface d'une mare, paisible et frangée de longs ajoncs qui lui faisaient des cils. Et surtout, surtout, donnée importante, le sommet de l'éolienne était facilement visible depuis mon sanctuaire. À vue de nez, j'étais séparée d'elle par à peine deux cents mètres. Sachant qu'elle marquait l'emplacement de ta cabane, la voir ainsi se découper sur l'azur, semblable à un immense tournesol de métal, n'était pas pour me déplaire. Sans le faire exprès, j'avais trouvé à l'aveuglette l'asile idéal pour me faire oublier. Et réfléchir à la suite des événements.

Finalement, ça m'a pris du temps de retrouver mes esprits. Dix fois, vingt fois, l'envie m'a saisi de retenter ma chance, d'aller te trouver, mais j'avais trop peur d'essuyer un nouvel échec. Dix fois, vingt fois aussi, avec la même détermination, j'ai été tenté de repartir comme j'étais venu, en auto-stop, direction Paris. Mais impossible de m'y résoudre. Une force mystérieuse me retenait sur les lieux. J'en avais fait trop ou pas assez. J'avais tellement à cœur de recoller les pots cassés. D'une certaine façon, réparer mon bout de cabane, morceau par morceau, constituait la première étape de ce processus vital. C'était là un travail long et fastidieux, car de l'ancien squat il ne restait décidément plus grand-chose. Mais enfin, tronçon de madrier après fagot de branches, j'ai pu me reconstituer un semblant d'embryon de ce qui avait existé ici. Quelque chose qui tenait du terrier et de la souille, un galetas cuirassé de bâche et calfeutré de vieux coussins où pouvoir me glisser, me préserver du froid.

Après l'activité de castor qui m'avait occupé les premiers temps, de magnifiques journées sont venues saluer mon installation. J'ai ainsi réussi à nettoyer mes vêtements dans la mare, à les faire sécher au soleil tandis que moi-même, l'œil fixé sur les nénuphars, je faisais le lézard en savourant le plaisir de la chaleur sur ma peau. Nul ne passait par là, l'endroit était retiré et bien protégé par la végétation. Ça sentait bon la glaise fraîche, la chlorophylle, la sève montée. Tout était danse d'insectes, moucherons, libellules, scarabées. Tout était calme et chaud, petite fête foisonnante, le temps que l'ombre, le soir venant, reprenne la main sur son domaine, escortée de ses meilleurs amis – le froid et l'humidité.

À vrai dire, je me suis pris au jeu. C'était un délice de prendre le temps, enfin. D'observer les oiseaux, les petits animaux ou même de plus gros : le surlendemain de mon arrivée, je me suis retrouvé nez à museau avec un bouc ! Allait-il me charger, histoire de faire déguerpir l'impétrant que j'étais ? Pas du tout. De ses gros yeux jaunes fendus d'un trait, il m'a longuement considéré, ruminant d'obscures pensées en même temps qu'un peu d'herbe. J'ai pu tout à ma guise admirer sa barbichette lustrée et ses belles cornes crénelées en guidon de Vélib. Puis il a fait demi-tour pour rejoindre ses pairs. Je suis allé à la rencontre du berger.

— 'jour !

— 'lut...

— Au début, ça surprend !... Mais il a une bonne tête.

— Ferait pas de mal à une mouche. Par contre, il les attire.

— Il s'appelle comment ?

— Maker.

— Maker ?

— C'est le bouc Maker, si tu préfères. C'est con mais ça

m'a fait marrer de l'appeler comme ça.

Pareil. J'ai franchement rigolé. Le berger à chemise de bûcheron avait l'air fier de son coup. Il a continué.

— Il a huit ans. C'est le meilleur pour débroussailler. Rien ne lui résiste.

— Je vois ça...

Ces bêtes placides étaient donc utilisées sur la ZAD pour nettoyer les fossés et les haies, leurs paisibles mâchouillements remplaçant avantageusement les moteurs pétaradants si chers à notre civilisation. Plutôt malin. D'ailleurs, le bouc Maker me considérait de loin avec l'air de dire : « Ça t'épate, hein ? »

Plutôt, oui ! Sans compter qu'il m'avait donné faim, l'animal, avec son herbe fraîche qui craquait sous ses dents comme une salade de saison ! Moi aussi j'avais envie d'une bonne mâche, bien assaisonnée, avec des pignons de pin, des cerneaux de noix, des tomates séchées ! Souvent, depuis mon arrivée, la faim me tenaillait le ventre. J'avais tenu au début avec des boîtes de thon et de pâté emportées à la va-vite. Mais le manque au creux de mon estomac allait vite me faire sortir du bois, c'était sûr et certain. Pas question, pour autant, de prendre le risque de te croiser.

*

Dès le lendemain, à l'aube, je suis allé planquer pour observer tes allées et venues. On aurait dit un flic de mauvaise série B. Je ne portais plus ma parka, mais un pull camionneur kaki et un bonnet breton : quasiment une tenue de camouflage, ça tombait bien. J'ai même parsemé mes cheveux d'un peu de feuillages, histoire de mieux me fondre dans les bosquets d'où je te surveillais.

C'est alors que tu es sorti, d'un coup, en plein soleil. À découvert, offert au monde, roi en ton royaume. Mon sang s'est mis à cogner dans mes veines, mon cœur à battre trop fort. J'avais l'impression que, de là où tu étais, tu aurais pu l'entendre. Puis, tranquillement, de tes longues enjambées, tu as tracé ton chemin. À bonne distance, je t'ai suivi. C'était surréaliste. Qu'est-ce que je foutais là, à espionner mon fils, des feuilles dans les cheveux ?

Réponse : je découvrais ta vie. Et ta vie du moment, visiblement, c'était d'aller travailler au fameux Hangar de l'Avenir, tel que me l'avait appris Armande. Nous étions arrivés à destination, toi devant, moi loin derrière. À présent je l'avais devant moi, ce bâtiment emblématique de la ZAD. Familier des lieux, tu t'y es engouffré en saluant sur ton passage chaque personne que tu croisais. C'était bon de voir ça, malgré le goût un peu amer que j'avais dans la bouche : pas une seconde tu n'avais eu l'intention de partir travailler dans les vignes avec Tania. Tu m'avais dit n'importe quoi, juste pour m'éloigner.

Te sachant maintenant dans le Hangar, j'ai pu m'approcher de la porte à glissière et y jeter un coup d'œil. L'endroit semblait concentrer la plupart des activités liées au bois et là-dedans, au son aigu des lames de coupe, ça bossait dur. Un peu partout dans l'édifice, des grumes étaient empilées. Une bonne dizaine de personnes, garçons et filles couverts de sciure, s'activaient tout autour. Certains écorçaient les troncs, d'autres les installaient, à l'aide de palans à chaîne, sur le banc de la scie mobile. Informé de la tâche qui t'était dévolue, tu as décroché une plane du mur, une belle plane à lame droite, puis tu as rejoint l'équipe des écorceurs, t'attelant au travail après quelques saluts lancés à la cantonade. En te voyant ainsi courbé sur le fût, tes longs bras tenant l'outil de chaque côté pour le ramener vers toi, soulevant au passage une fine lamelle d'écorce, l'évidence m'a saisi : là, dans cette ambiance, parmi les tiens, en train d'effectuer ce travail simple et noble, tu étais à ta place. Et c'était magnifique. C'est là qu'une voix féminine m'a interpellé.

— Tu fais quoi, là ?

Je me suis retourné, pris en faute. Une fille était campée devant moi, la trentaine, cheveux longs, chapeau de manadier, chemise à carreaux, vieux jean, bottes camarguaises – ne manquait que la Winchester. Épaulée mais pas trop, élancée mais non sans formes, elle correspondait en tout point à cette expression désuète mais éloquente : « un beau brin de fille ».

— Je... je regardais juste...

— T'es flic ?

— Pas du tout ! De passage.

Elle me fixait, l'œil hostile, une mèche lui barrant le front. Sacré caractère. Sacrée jolie façon de se tenir sur une hanche, aussi. Avec la jambe droite un peu avancée.

— Qui me dit que t'es pas flic ?

— Moi. Moi je te dis que je ne suis pas flic.

— Mouais... les poulets, ils inventent n'importe quoi, maintenant.

— Je suis de la famille de Niels. Je ne voulais pas le déranger en plein travail.

— Niels ? Ah bon, OK... mais fais gaffe quand même...

Elle a fait quelques pas et s'est retournée d'un coup, en me lançant :

— ... parce que t'as vraiment une tête de flic !

En faisant ainsi volte-face, je l'ai soupçonné d'avoir voulu surprendre mon regard. Je crois qu'il était posé un peu trop bas sur sa personne pour être vraiment honnête.

*

À la faveur de mon guet assidu, les jours suivants m'ont appris que tu partageais souvent ton temps entre le Hangar de l'Avenir et un autre lieu phare de la communauté : la Forge. Rien d'incohérent, puisque c'était là que s'affûtaient et se réparaient les scies. Outre le travail du cuir, on y forgeait aussi de magnifiques écorçoirs, chefs-d'œuvre d'artisanat à l'ancienne. Un matin, tout à mon espionnage, un peu honteux mais heureux, je t'y ai vu travailler. Vêtements et cheveux collés, transpirant et souriant, tu naviguais entre le soufflet de la forge, pour chauffer le métal, et le marteau de l'enclume, pour le façonner. Là encore, tu étais à ton affaire, et je ne t'ai jamais connu aussi épanoui.

Dès lors que tu étais au four et au bois, à défaut de moulin, j'ai eu tout le loisir de m'adonner à une occupation toute désignée sur une Zone à défendre : zoner, précisément ! Les jours qui ont suivi, c'est donc ce que j'ai fait, nez en l'air, simili Rimbaud aux semelles de vent. Une fois mon galetas dissimulé à l'aide de branchages, je partais à l'aventure. Je savais que j'avais la journée devant moi, sans risque de te croiser, du moins jusqu'à ton retour du travail, en fin d'après-midi. N'était ta tenue, la suie sur tes mains ou les copeaux dans tes mèches, tu revenais du boulot à heure régulière, comme n'importe quel cadre moyen rentrant le soir dans son pavillon de banlieue.

Combien de kilomètres n'ai-je pas accomplis ainsi, à musarder, sourire aux lèvres, bonnet sur la tête ? Autour de moi, ça allait et ça venait, dans une ambiance bon enfant de colo de vacances et de gamins qui gambadent. Chacun vaquait à ses occupations, qui retournant la terre de son potager, qui réparant sa maison après un coup de vent, qui devisant au soleil, une bière à la main. Ici, on faisait du vélo. Là, on lisait. Ou on dansait. Au gré de mes pérégrinations, je m'accoutumais aux lieux-dits de la carte topographique : Les Grands Bois, La Frénelière, La Renaudière, La Mancellière Richard, La Pinelière. Si certains panneaux me paraissaient encore obscurs – *Le Limimbout restera debout !* –, d'autres avaient un goût de déjà-vu : *Je suis Kasseur de luttes !*, *La police tue*, *Danger ! Vinci déporte la population.*

Tendue entre deux poteaux électriques, une banderole attirait chaque matin mon attention : *Ami-e-s en lutte, bienvenue !* Je ne savais quoi en penser. Étais-je vraiment le bienvenu, moi qui n'étais pas « en lutte » ? Sinon en lutte à l'extérieur, du moins en lutte contre moi-même, mes réflexes, mes préjugés, toutes choses qui m'avaient poussé, deux ans plus tôt, à te virer de ma propre maison. Bien sûr, tu l'avais un peu cherché – acte manqué ? ou volonté de tester mes limites ? N'empêche qu'à présent, à force de mieux connaître ton monde, je me sentais chaque jour un peu plus vivant, ressentant intimement chaque atome de nature, chaque son au loin, chaque fragment de lumière filtrée par la canopée.

Certes, j'étais encore loin d'appartenir à la communauté. Mais déjà, j'étais dans la communion. Et elle me nourrissait, au même titre que le pain que je trouvais à la boulangerie Bazard ; que le fromage de chèvre acheté pour quelques piécettes ; que les fruits et les légumes de la Cagette des Terres, que je me procurais contre un peu d'argent. J'aurais pu les obtenir gratuitement, mais je n'en faisais rien. C'était si bon au goût ! Et le bon goût voulait, justement, de ne pas abuser du système. Je n'étais pas d'ici et je ne l'oubliais pas. Après tout, je n'avais vu de la ZAD qu'une toute petite partie, dans un rayon proche de ma clairière. Je ne pouvais me prévaloir de rien. Et j'avais encore trois sous en poche.

Sans doute est-ce l'envie de dépenser mes derniers euros qui m'a incité, un jour, à pousser à nouveau la porte de *L'Aubergine*. Pas de piano, cette fois. Juste Armande qui, occupée à frotter la vaisselle au-dessus de l'évier, chantonnait pour elle seule la rengaine de Piaf : « Moi j'essuie les verres, au fond du café... j'ai bien trop à faire pour pouvoir rrraêêêver... » Elle y mettait l'accent titi parigot, les roulements des « r », tout. Un type coiffé d'une casquette, accoudé au bar, l'écoutait religieusement.

— Salut Armande ! ai-je lancé, comme si j'arrivais au bar PMU du coin.

Elle a levé le nez, les sourcils avec, me regardant au-dessus de ses bésicles.

— Tiens, te revoilà, toi ?

— Comme tu vois.

Elle m'avait reconnu. J'étais adoubé.

— Qu'est-ce que je te sers ?

— Comme la dernière fois. Une Fosses Noires, s'il te plaît.

Ce tutoiement si simple, qui coulait tout seul, en même temps que la bière dans mon verre : pour la première fois, ça sonnait juste.

— Fosses Noires, vraie merveille, a-t-elle murmuré. Alors, ces retrouvailles avec ton neveu ?

— Niels ? Intenses, on va dire. Voire mouvementées. En tout cas, j'ai bien trouvé sa cabane, près de l'éolienne... Merci. Excellentes, tes indications.

Le type m'a souri.

— C'est ton neveu, Niels ?

— Oui...

— Un chouette mec.

— C'est vrai.

Il m'a tendu une pogne tavelée, grosse comme une pastèque.

— Salut. Ici, on m'appelle Mac.

— Éric.

Mac avait une gueule sacrément cabossée. À l'image du clavier du piano, il lui manquait pas mal de dents. On était loin de l'allure très cabaret Rive Gauche d'une Armande à foulard en macramé.

Toujours affairée, celle-ci a précisé :

— Mac est l'un des doyens de la ZAD. Il habite pas

loin, dans une grande yourte en bâches vert foncée, effondrée au milieu. On dirait le chapiteau Bouglione qui aurait pris la foudre. Par contre, il est en train de se bâtir un chalet, un truc de fou. Tout fait maison. *Home made*, comme ils disent à Paris.

L'homme s'est esclaffé, puis a repris son expression modeste.

— Je suis là depuis un bail. J'aime bien travailler le bois. C'est comme ça que je connais Niels. Par l'association du Hangar, Abracadabois. En ce moment je me consacre à mon chalet, mais on a souvent bossé ensemble. Y a longtemps que je l'ai pas vu, mais je sais que là-bas, ils sont en train de terminer une charpente.

En même temps que ma bière, je buvais du petit-lait.

— Je crois que ça lui plaît, ai-je souri.

— Oui, je crois. Surtout qu'il est doué, le salaud.

— Ah, vous trouvez vous aussi ?

— Tu.

— Pardon... tu trouves, toi aussi ? Que Niels est doué de ses mains ? Je lui ai toujours dit.

Armande a enfin cessé de s'affairer.

— Et ses légumes... tu les as goûtés, ses légumes ?

— Euh... oui, bien sûr...

— Et alors ?

— Un régal.

Elle a opiné du chef.

— Pour moi, avec Tania, il fait les meilleures tomates de la Zone. Les courgettes, les patates, les fraises, c'est pareil. Il a ça dans le sang. C'est vrai ou c'est pas vrai, Mac ?

— C'est vrai.

Elle a continué, les yeux ailleurs, comme hallucinée.

— Quand il met les mains dans la terre, c'est comme s'ils les plongeaient dans un sac de pièces d'or...

— On dirait Picsou, mais avec du terreau, a ajouté Mac.

— Ou Louis de Funès dans *La Folie des Grandeurs*, ai-je renchéri, moi qui ne t'avais jamais vu toucher une bêche de ma vie.

— C'est son truc, quoi, a conclu Mac.

« Des pièces d'or ». Mes yeux brillaient bien plus encore. Armande l'a remarqué :

— On dirait que ça t'émeut, quand on parle de lui comme ça.

— C'est vrai, ai-je bafouillé avant d'avaler une gorgée pour me dissimuler derrière mon verre.

Cette fois, c'est Mac qui a enfoncé le clou :

— Vous êtes proches, toi et lui... non ?

— Plutôt, oui. Je suis un peu comme son père.

J'ai très vite bu une nouvelle gorgée. Et je suis parti sans demander mon reste, pour m'abriter sous mes cartons comme un cancrelat sous sa pierre.

Alors comme ça, tu cultivais les meilleurs légumes de la ZAD ? Je ne me le suis pas fait dire deux fois. Toujours incognito, coiffé de mon bonnet, de plus en plus barbu et, à vrai dire, de plus en plus méconnaissable, je me suis mis à l'affût dans ma planque végétale préférée, attendant le moment où la voie serait libre. Enfin, c'est arrivé. Un soir, à la nuit tombée, vous êtes partis tous les trois, toi, Tania et le chien. Sans doute vous rendiez-vous à la grande assemblée générale organisée au Phare, annoncée un peu partout par des affichettes.

À l'ordre du jour ? La scission entre les « purs et durs » et ceux qu'à Lacanau tu avais appelés les « traîtres à la cause ». J'avais eu moi-même l'occasion de mesurer le problème, tant les pages de *ZAD News* en étaient noircies. Il remontait au 14 mai 2018, date à laquelle Stéphane Travert, ministre de l'Agriculture, avait annoncé que quinze des vingt-neuf projets agricoles déposés par les zadistes étaient éligibles à la signature de conventions d'occupation précaire. Depuis, les partisans de ces accords négociés avec la préfecture et les tenants du mouvement de lutte historique se livraient une guerre sans merci. À en lire les articles, la controverse occasionnait des débats plus que houleux et, surtout, interminables.

Si telle était votre destination, alors j'avais tout le temps devant moi pour agir. Le Phare, ce n'était pas la porte à côté. Je n'avais qu'une obsession : goûter les fruits de ton travail, les produits de ton savoir-faire, ce à quoi tu consacrais tant de temps et d'amour. Ce qui légitimait ton choix de vie, ton enracinement ici. Sans compter qu'accessoirement, j'avais faim ! Tellement faim. Je n'avais plus d'argent pour payer mon fromage. Quant au pain, aux fruits et aux légumes dont Armande m'avait si bien vendu la gratuité, je ne me sentais toujours pas le droit d'en bénéficier. Moi, je ne produisais rien sur la ZAD. Je ne représentais aucun maillon de sa longue chaîne de solidarité. Je n'étais qu'un mendiant, sans doute identifié comme tel.

Bref, je vous ai vus vous éloigner, petites silhouettes dans le jour déclinant. Toi avec tes grandes enjambées, à ton rythme. Tania trottinant à tes côtés, faisant deux pas là où tu n'en faisais qu'un. Et puis le chien, poursuivant les insectes, truffe aux aguets, oreilles à géométrie variable. Aucun risque qu'il détecte ma présence : j'étais trop loin et je ne sentais sans doute plus vraiment l'humain. Seulement la terre, les feuilles et la saleté naturelle qui me faisaient une seconde peau.

Plus personne à l'horizon. Je me suis approché, l'air de rien, naufragé volontaire que j'étais. C'était fou, en marchant parmi chardons, boutons d'or et pissenlits, j'avais l'impression de fouler la pelouse d'une propriété privée, notion ici complètement incongrue. Et pourtant, je me sentais bel et bien coupable d'entrer par effraction dans le périmètre de ta vie. Les abords de cette cabane, à laquelle tu apportais tant de soins. Cette terrasse en marqueterie de palettes. Ce canapé. Autant d'objets animés d'une vie propre qui semblaient m'observer du coin de l'œil. Surtout la tête de pirate, qui ondulait doucement au vent léger. Mon cœur battait comme si j'allais commettre un casse.

Arrivé à ton potager, je me suis mis à ramper tel un rat des villes devenu rat des champs. Il se trouvait derrière la cabane, un peu à l'écart du grand chêne pour échapper à son ombre et profiter de la lumière. Or force était de constater qu'il était mieux peigné que toi. Ses sillons bien droits couraient de part et d'autre d'une allée centrale qui lui faisait la raie au milieu. Des rangées de salades, de courgettes aux longs doigts gourds, de melons, de potirons et de tomates prospéraient sous le soleil, parfaitement alignées, tandis qu'un tabouret et un arrosoir en zinc témoignaient de tes interventions fréquentes. Quelques outils, çà et là, attestaient eux aussi d'une récente visite. Un râteau, une bêche, une houe, une binette, un sarcloir attendaient sous une caisse en bois, posée verticalement. Il y avait aussi des gants, à la taille de tes grandes paluches. J'étais étreint par un mélange d'émotion, de honte, de tristesse et de joie, la joie de te savoir si appliqué dans ton dialogue avec la nature.

Non loin, une petite serre protégeait ta production des intempéries, mais aussi des pies, tourterelles des bois et autres tariers des prés. Elle était composée d'anciennes fenêtres posées de part et d'autre d'un muret de brique, dont les châssis s'emboîtaient astucieusement. Le tout formait une verrière plane de trois ou quatre mètres de longueur, dont la surface vitrée, fermée sur le côté à l'aide d'un loquet, pouvait s'ouvrir comme une boîte. C'était simple, bien pensé, d'une esthétique poétique. De couleurs différentes – jaune d'or, fuchsia, bleu canard –, les longerons tranchaient sur le vert tendre de la végétation. À quelques pas de là, l'épave de 4L, d'un rouge délavé mangé par la rouille, jouait le rôle de roulotte dans cette caravane de Tziganes sédentaires.

J'ai regardé autour de moi comme le font tous les chapardeurs de cerises, les voleurs de poules, les monte-en-l'air de vergers. Je me suis agenouillé au bord d'une rangée. J'ai d'abord picoré quelques quignons de pain, restes d'un ancien pique-nique, quelques noisettes, des fruits à demi pourris. Puis j'ai arrêté de me donner bonne conscience. Soudain j'ai vu mon bras se tendre et, au bout de ce bras, ma main se déplier, presque malgré moi. Et je l'ai fait. Ma paume s'est posée sur une grosse tomate rouge. Mes doigts l'ont enveloppée comme des serres de rapace le feraient d'un œuf. Et cette grosse tomate rouge, ferme et tiède et pulpeuse sous le soleil, toute luisante et si appétissante, je l'ai arrachée sans autre forme de procès et portée à mes lèvres pour lui croquer le cœur, puis lui sucer le sang, urgemment, qu'il emplisse vite ma bouche et coule sur mon menton. C'était si bon, si nouveau, si plein de jus. Si plein, aussi, de cette évidence : je ne savais plus, depuis longtemps, ce qu'était une tomate.

J'ai fait pareil avec une courgette, un peu plus loin, pour que ça ne se voie pas trop. Je lui ai pelé le dos avec mon Opinel – j'en avais toujours un sur moi, conseil précieux hérité de mon père. C'était croquant et délicieux, ça avait le goût de la fraîcheur et de la nature. J'ai fait pareil avec un melon, que j'ai coupé en deux, vidé de ses pépins, avant de partager chacune de ses moitiés pour y mordre à pleines dents, et en faisant cela c'était la lune que je croquais, une lune pas rousse mais orange, une lune melba au goût de sorbet. Ce n'était pas seulement la faim qui faisait cet effet. C'était autre chose. Je retrouvais le goût, rien de moins, comme au premier jour du monde. Je me goinfrais de dessert comme si, trop longtemps, j'en avais été privé. Je revenais à la vie dans ce qu'elle a de meilleur. Ainsi donc, dans la catastrophe annoncée, sur cette Terre en perdition, il y avait encore de vraies tomates, de vraies courgettes, de vrais melons, aussi sûrement qu'ailleurs il y avait la mer, toujours là malgré tout, et les arbres, et la beauté des choses, méritante, obstinée, désespérément optimiste. C'était fabuleux.

*

Je ne m'en suis pas tenu là. Les temps qui ont suivi, chaque absence des habitants de la cabane – Tania, toi et le chien – m'offrait l'occasion d'une rapine supplémentaire. Ça n'arrivait parfois qu'un jour sur deux, et encore, pour un laps de temps inconnu. Aussi m'étais-je habitué, de ma cache de feuillage, à agir très vite, dès que le champ était libre. Je bondissais alors hors de mon repaire, pressant le pas vers mon futur butin, mais sans courir vraiment, histoire de ne pas paraître suspect aux yeux, même enfumés, d'un zadiste en goguette. Dieu merci, le lieu était réellement à l'écart. Sans doute était-ce cela qui t'avait séduit, toi, l'amateur de solitude.

Toujours est-il qu'il me fallait aller vite, sous peine d'attirer l'attention. À chaque raid, je piquais droit sur le potager, attrapant ici une poignée de fraises mara des bois et là quelques patates nouvelles, dans l'espoir de les faire bouillir un jour et de les dévorer telles quelles, avec un peu de sel. À me voir ainsi accomplir mes allers-retours, sans doute de plus en plus hardi à mesure que j'en prenais l'habitude, un témoin de hasard n'en serait pas revenu. Qui était ce grand type, désormais hirsute et aussi chevelu que n'importe quel zadiste ? Qui était ce cambrioleur à la petite semaine, qui fonçait sur le potager, fondait sur ses trésors, en remplissait son T-shirt, puis repartait d'où il venait pour les grignoter et les stocker à l'aise, à la manière d'un écureuil jaloux de ses noisettes ?

Je ne me posais pas la question. Je me contentais de me régaler. Dévorant des feuilles de salade, un vrai lapin. Me barbouillant les commissures de groseille, un vrai gamin. Comptant chaque myrtille dans ma paume, du bout des doigts, comme un pauvre compte ses sous, et m'en régalant d'autant plus. Un matin, c'est arrivé, dans un fossé j'ai déniché le trésor des trésors : une casserole, toute bosselée, mais encore utilisable. Je l'ai remplie d'eau, que j'ai fait bouillir à grosses bulles sur un feu de bois, et j'y ai plongé mes pommes de terre. Je les ai dévorées comme un affamé, à m'en brûler les doigts d'abord, et la langue ensuite. Peau douce comme de la soie, saveurs de noisette, texture fondante, pas farineuse, chaleur bienfaitrice dans l'humidité du soir : je revivais ! C'était moi la patate, d'avoir oublié cela, la sensation de se nourrir plus que de manger, le bonheur de se souvenir qu'un légume n'est pas une matière abstraite mais qu'il vient de la terre, de même que le saumon n'est pas seulement la composante d'un sandwich sous vide mais un poisson nageant dans la rivière, avant qu'on oublie quel animal vivant il était.

C'est là, devant mon feu, sous les étoiles, que je me suis aperçu d'une chose incroyable : de même que j'avais oublié ce qui était bon, j'avais oublié ce que c'était que d'être bien. J'étais heureux. Et c'est avec ce sentiment de quiétude apaisante que je me suis endormi ce soir-là. Comme un enfant, l'œil fixé sur des braises rougeoyantes pareilles aux lumières d'une ville lointaine. Très lointaine.

Quand j'ai ouvert un œil au petit matin, réveillé par un concert de gazouillis, j'ai d'abord regardé longtemps les plus hautes branches qui me surplombaient, croisées d'ogives d'une basilique sans murs ni vitraux. Au-dessus encore, un ciel bleu immaculé constituait la promesse d'une journée magnifique que j'allais passer à arpenter la lande, mais pas trop loin, bien sûr – pas question de me retrouver nez à nez avec toi. Malgré ma barbe et mes cheveux longs, mon bonnet porté même au zénith, tu m'aurais reconnu au premier coup d'œil.

Tout content, mais encore engourdi, je me suis dressé hors de mon sarcophage de plastique et de cartons, pharaon de sacs et de cordes régnant sur son empire de vers de terre et de lézards, de champignons et de renards, de chiens errants et de chats perchés. Du feu il ne restait plus que des branches en étoiles, calcinées en leur milieu au-dessus de cendres tièdes. C'est alors que je l'ai vu, coincé sous une pierre, au pied de mon sac à dos : un bout de carton d'emballage, découpé à l'endroit du pli. J'ai rampé jusqu'à lui, la moitié du tronc encore engoncée dans mon sac de couchage, gros lombric ridicule. Ce qui y était inscrit d'une écriture bien connue m'a réveillé pour de bon :

Plutôt que de me carotter mes légumes et mes fruits, viens plutôt les cultiver avec moi. Niels.

L'équivalent d'un litre de café noir. L'instant d'après j'étais debout, pas encore frais mais dispos, avec l'étrange sensation que quelqu'un m'épiait. Retour à l'envoyeur. J'ai observé à la ronde, guettant le moindre cheveu auburn, le moindre pantalon de treillis. Rien. Tu avais dû rentrer chez toi, souriant, sans doute. Mais pas autant que moi.

*

Tout s'est mélangé dans ma tête. Le bonheur de lire ce mot, qui enterrait la hache de guerre. Un sentiment diffus d'enfant un peu vexé qu'on ait découvert sa cachette. Mais surtout, dominant le tout, une forme de stupéfaction. Comment avais-tu fait pour deviner ? Sur la zone, il faut croire que tout se savait. Les murs de paille-terre avaient des oreilles, les arbres avaient des yeux. Que ton havre de paix fût loin de tout ne changeait rien à l'affaire. Sans doute était-ce Vaggy qui m'avait reniflé. Ou toi. L'instinct du loup, une fois encore.

Je ne me suis pas fait prier longtemps. C'est idiot, mais mon premier réflexe a été de vouloir me faire beau. De me raser, de me baigner, de me pomponner, d'enfiler ma plus belle chemise de rechange, c'est-à-dire la seule. Et puis non. Pas question. Je commençais à faire couleur locale, à me fondre dans le paysage, ce n'était pas le moment de revenir en arrière. Au contraire, j'avais envie de te donner des gages d'assimilation. De noble clochardisation. J'étais sale, barbu, couvert de puces, peut-être, le cheveu poisseux, mais c'était dans cet uniforme que j'entendais répondre à ton invitation. Et me présenter à toi.

*

Tu m'attendais assis sur une souche, royal sur ton trône, ton chien à tes pieds et un bâton ébarbé en guise de sceptre. À raison, tu avais deviné que je ne me ferais pas prier longtemps pour venir te voir. Et comme c'était à prévoir, c'est par une remarque sur ma tenue que tu m'as accueilli, après m'avoir toisé de la tête aux pieds.

— Félicitations ! Tu fais plus vrai que nature ! Un vrai zadiste en herbe...

— Oh, ça va..., ai-je maugréé, faussement outré et réellement flatté.

— Si si, vraiment ! Barbu, ébouriffé, dépenaillé... c'est troublant...

Et de te pencher vers moi.

— ... par contre, l'odeur, c'est pas encore ça. Tu sens encore un peu la ville. Mais on approche.

Tu m'en voulais encore trop pour m'embrasser comme je l'avais espéré – contrairement à Vaggy, qui m'a fait la fête. La moue toujours un rien moqueuse, tu as préféré me débarrasser des brins de chardon qui parsemaient mon pull.

— Alors c'était toi le type dont tout le monde parle dans le coin ?

— Tout le monde ?

— Tout le monde, oui. Ça t'étonne ? C'est pas facile d'être clandestin. Pas vraiment zadiste, pas vraiment clodo… un peu trop urbain, dans tous les sens du terme… Les gens disaient : mais c'est qui ce mec ?

— Moi qui croyais…

— Tu crois trop, c'est ça ton problème, papa. Alors quand on m'a dit que l'homme des bois venait taper dans mes fraises, j'ai tout de suite su que c'était toi.

— Et tu m'as laissé comme ça ?

— Je voulais savoir si tu tenais. Si tu t'entendais bien avec dame Nature.

— Au début, ça a été dur. J'ai voulu partir… et finalement, je n'ai pas pu. Je suis resté.

— Je vois ça… Et tu allais continuer longtemps à me vider mon potager ?

— J'avais faim.

— Ça, je peux comprendre. Alors viens voir, tu vas te régaler.

L'air gourmand, tu m'as emmené et j'ai pu contempler tranquillement ce que mes chapardages furtifs ne m'avaient permis que d'entrapercevoir. Dans ses coulisses, ton potager était une vraie merveille. Il était irrigué par un ingénieux réseau de gouttières en zinc prélevées sur des chantiers de démolition, percées ici et là de trous réguliers tels qu'on en trouve sur les pommes d'arrosoir. Le tout était alimenté par une ancienne mangeoire à bovins faisant office de cuve de récupération des pluies. Le lopin de terre entier prospérait à la faveur de ce goutte-à-goutte, dont tu régulais le débit grâce à un système d'écluses de ton invention. Et lorsqu'il n'y avait plus de réserve dans la cuve, eh bien ! il fallait aller chercher l'eau à la mare, à la manière des porteurs d'eau du Moyen Âge. De plus en plus souvent, la sécheresse frappait, même ici. L'herbe grillait, la terre se craquelait, les nappes se vidaient. Je t'ai entendu maugréer :

— Avant, quand je voyais les reportages aux infos, ça me rendait dingue... Toujours les mêmes beaufs, bronzant leur cul au soleil, qui se réjouissent qu'il fasse si chaud pour un mois d'octobre et que l'eau est bonne... Les cons... Ils ne se rendent pas compte que bientôt, sous les pieds des Inuits, tout fondra aussi vite que leur putain d'esquimau à la vanille. Franchement, je regrette pas la télé.

J'ai abondé dans ton sens.

— Autrefois, quand il faisait beau et chaud, on se réjouissait. Aujourd'hui, décemment, on ne peut plus. Moi, maintenant, le soleil me rend triste. C'est quand même un comble.

Pour l'heure, on en était loin, de la canicule. Il avait plu ces derniers temps. Quant à toi, tu étais intarissable ! Durant toute la visite, tu n'as été qu'un flot de paroles ininterrompues, d'anecdotes savoureuses, de détails relatant les hauts et les bas de ton aventure botanique. Toi, le taiseux, le contemplatif, te révélais sous un jour que je ne te connaissais pas. Je te redécouvrais bavard, drôle, poétique. Tu m'as parlé de tout. Des semis, des plantations. Des pommes de terre à butter. De la rhubarbe tout juste plantée, de même que le fenouil, pleine terre. Et ce foutu basilic, et ce persil, et ce thym qui ne prenait pas... on était loin de la Provence !

— Y a les fraises à ramasser, les framboises à récolter, les melons à surveiller, et je ne te parle pas des pastèques !

Et mes plantes répulsives, tu les as remarquées, mes plantes répulsives ?

— Ben…

— Les œillets d'Inde, la sarriette, la lavande, ça éloigne les insectes nuisibles. Et ça favorise la pollinisation. Les écorces de citron, les peaux de banane, ça marche pas mal aussi. Regarde, là j'ai mis des cendres de bois, du marc de café, des feuilles de rhubarbe, y a pas mieux pour éloigner les pucerons.

Il n'y avait rien à ajouter, surtout rien de chimique, c'était magique, il fallait juste de l'huile de coude. C'était beau à entendre, beau à voir, ces fruits de la terre, ces goûts et ces couleurs. Ça tenait de la palette de peintre et du tablier de cuisinier. C'était de la pulpe à palper, des parfums à humer, une nature tour à tour apprêtée et échevelée. Et de ce jardin d'Éden, tu étais le jardinier.

Tu m'as proposé de la pastèque.

— Tu verras, elles sont bonnes.

Tu as sorti un couteau de ta poche, tu as taillé dans le fruit, m'as tendu une tranche d'un rose translucide.

— Alors ?

Impossible de répondre, je mordais à pleines dents au milieu d'un délice de fondant sucré. Quelle meilleure façon d'étancher ma soif d'en savoir plus ? Tu y as vu comme un encouragement : nous pouvions à présent poursuivre la visite. Continuer ce tour du propriétaire que tu n'étais pas.

Tu m'as montré ton poulailler, où des cocottes gambadaient sous l'œil d'un coq pas commode. C'était sans doute lui que j'avais entendu chanter certains matins.

Parmi les poules, quelques-unes avaient élu domicile dans le coffre de la 4L, posée sur ses essieux et ouverte à tous les vents. C'était là qu'elles pondaient le mieux, m'as-tu affirmé. Les meilleurs œufs du monde. À en juger par la beauté de tes légumes, de tes fruits, je n'avais pas de mal à te croire. Enfin tu m'as parlé de ton chêne avec une telle passion qu'on aurait juré que Saint Louis en personne t'avait précédé en ces lieux. Tu étais là comme un poisson dans l'eau. Ailleurs, muet comme une carpe, tu ne respirais pas.

Ce jour-là, nous avons paillé.

— C'est super important, le paillage !

— Mais ça consiste en quoi ?

— À recouvrir les pieds des plants avec un peu de paille, des écorces, des déchets recyclés... ou des bouts de carton, comme tu veux. En faisant ça, on réduit l'évaporation et on évite de gaspiller l'eau. Tu vois le truc ?

Il s'agissait d'un travail, minutieux et même assez pénible à la longue, mais me salir les doigts de terre, manier délicatement les tiges veloutées et les feuilles de dentelle m'emplissaient de bonheur. Je ne pensais à rien d'autre qu'à cette tâche, et l'accomplir à tes côtés m'apparaissait comme un privilège. Nous n'avons pas échangé un mot, à peine quelques regards. Nous savions que le silence n'est pas une gêne quand on travaille, au contraire. C'est un luxe accessible réservé à ceux qui savent le partager, un cadeau rare dont il serait inélégant de souligner le prix.

Au déclin du soleil, c'est dans cette position que Tania nous a trouvés : à quatre pattes dans la terre, finissant notre labeur avec le sentiment du devoir accompli. Nous avons bu une bière de la ZAD. Pour autant, nous sommes restés dehors, sur le canapé défoncé aux ressorts apparents. Pas une fois tu ne m'as proposé d'entrer dans la maison. Je me suis bien gardé de t'en faire la remarque. Je n'avais pas fini de purger ma peine, c'est tout. Et le soir venu, comme les précédents, je suis retourné dans mes bois.

Nous avons passé plusieurs jours ainsi, toi et moi. À bêcher, biner, sarcler, butter, nettoyer, ratisser. À retourner la terre. À tirer des cordeaux pour inaugurer un nouveau sillon. À planter, à arroser, à arracher les mauvaises herbes. Parfois, Tania nous donnait un coup de main. À d'autres moments, elle s'adonnait aux occupations qui étaient les siennes : aider un berger à rentrer ses biquettes, prêter main-forte à un agriculteur du coin, mettre les fruits et légumes en cageots pour les jours de marché. Aux principales entrées de la Zone, un panneau annonçait à grand renfort de peintures dégoulinantes : *Ici, le vendredi, de 17 heures à 19 heures : légumes, pains, produits laitiers et plus encore !* Les gens du coin venaient remplir leurs coffres. Ils avaient beau être des « Crassous », comme on les surnommait ici, ces zadistes savaient cultiver leur jardin. Et présentaient l'avantage de vendre leurs trésors au seul prix de leurs efforts.

*

Malgré les miens, d'efforts, je sentais que tu continuais

à me tester. Arrivé en touriste avec mon sac à dos rempli d'idées toutes faites, allais-je changer d'avis en changeant de vie ? Mes envies champêtres de bobo en mal d'ailleurs allaient-elles résister à l'épreuve des faits, à la rudesse de conditions spartiates, dénuées de tous sanitaires, de télé, de wifi, de confort ? Au manque d'eau courante ? Ici, la seule eau que l'on voyait courir était celle que portaient, dans d'immenses bassines, des parents pressés d'arriver à bon port pour la tiédir un peu et donner le bain à leurs gamins.

Moi, je serrais les dents. Et les fesses avec. Pas question de faire un faux pas, de me plaindre, de gémir. Je faisais mon travail, j'avais mon casse-croûte – du pain, du fromage de chèvre, un fruit –, et je m'asseyais sur un billot – le « billot dégradable », comme tu l'appelais – quand venait l'heure de la pause. Parfois, je m'endormais comme Vaggy, à l'ombre du grand chêne. Et je fermais aussi les yeux lorsque tu te mettais à l'écart pour fumer ton joint. J'avais fini par m'y habituer. De là à te regarder faire comme si de rien n'était, c'était une autre affaire, car contrairement aux apparences, je restais ton père. Mais un père qui, chaque soir, après la bière du réconfort après l'effort, rentrait dans son bouge comme un saisonnier.

Du moins m'étais-je débarrassé de ma défroque de carotteur de carottes, d'Arsène Lupin des potagers. Alors tu as commencé à me sortir un peu. Je ne faisais pas encore partie des vôtres, ça, non, mais j'avais le droit de t'accompagner dans tes tournées. Puisque nous en avions temporairement terminé avec le gros de nos travaux de maraîchers, ces escapades se sont faites plus fréquentes.

C'est là que tu m'as réellement tout appris, tout montré. J'ai découvert la Zone non pas comme un promeneur du dimanche, mais dans ses arcanes les plus dérobés. Seul le temps qui passait avait son importance. Car le temps qu'il faisait n'en avait aucune : ici, on vivait avec, ce n'était pas un sujet, c'était comme ça. Le soleil avait du bon, le vent avait du bon, la pluie du bon. Sous les bourrasques ou les nuages d'encre roulant au-dessus des arbres, ou bien sous un soleil de plomb, je marchais à tes côtés avec pour seul viatique la question de savoir s'il fallait mettre un chapeau, ou pas ; des bottes, ou pas. Et encore. Bien souvent je m'en foutais comme de mon premier ordinateur, même quand la boue, la boue terrible d'ici, envahissait tout. Les seuls cumulus qui me pesaient étaient ceux que j'avais dans la tête, quand les miens me manquaient trop, Anna, Hugo, les filles, Mamine. Mais je savais combien ce sevrage était nécessaire.

Ces journées de hasard ont été parmi les plus belles de ma vie. Nous allions là où le vent nous portait, et surtout là où quelqu'un avait besoin de nous. Pas besoin de chaînes info, le bouche à oreille suffisaient et quelques affichettes aussi. Entre les élevages de vaches laitières, de brebis ou même d'escargots (!), l'apiculture, les champs voués au maraîchage, les vergers et la culture de plantes médicinales, il y avait de quoi s'occuper. Tu m'as même emmené voir la fabrication du beurre et du fromage – autosuffisance toujours.

— On est vraiment loin de tout, là..., ai-je cru bon de remarquer.

Étrangement, tu as pris la mouche – il faut dire que dans le coin, il y en avait pas mal.

— Oui et non... Tu sais, papa, si tu veux envoyer un

mail de la ZAD, tu peux ! Rien ne t'empêche d'aller faire un tour du côté de la caravane internet ! Tu peux même y recharger ton portable, si tu veux.

— La caravane internet ? Ça existe, ça ?

— Évidemment que ça existe ! Y a même ce truc tout nouveau qui s'appelle l'électricité ! Eh, on n'est pas au fond de la jungle ici. On a même des médecins.

— Des médecins zadistes ?

— Et aussi un fourgon ambulance ! Et même une maison des enfants pour gérer les accouchements !

— C'est dingue...

Tu t'es enfin déridé.

— Qu'est-ce que tu crois ? Y en a sous les dreadlocks !

Entre deux coups de main dans des fermes en autogestion pratiquant l'agriculture alternative, tu m'as un jour emmené consolider les berges de différents petits cours d'eau. Le territoire était une zone humide préservée, à l'origine de plusieurs rivières : bassins versants du Gesvres, de l'Hocmard et de l'Isac. Un paradis sur terre pour le millier d'espèces vivant sur ce territoire, dont beaucoup étaient protégées, comme la musaraigne d'eau et autres plantes du genre Sibthorpia.

Sibthorpia ! Je n'avais jamais entendu ce mot de ma vie. Je te découvrais érudit, botaniste, naturaliste. Un vrai puits de science quand il s'agissait de biodiversité. Mais ta marotte restait le triton de Blasius : avec ses taches jaune et noir, ce batracien était la star des lieux, au point de donner son nom à une université – l'université des Tritons ! À la faveur d'un financement participatif, des ouvriers avaient construit ce bâtiment avec du bois durable, intégralement consacré à la sauvegarde du vivant.

C'est alors qu'il y a eu ce moment unique, au bord de la mare.

Tu as stoppé net, me saisissant le bras.

Ce que tu me montrais n'était ni un boa ni une soucoupe volante. Juste une délicate petite fleur blanche.

— Regarde ça, papa. Un flûteau nageant.

J'ai appris alors qu'elle était aussi jolie que rare, cette petite fleur blanche.

Mais ce qui était encore plus joli et rare, c'était la façon avec laquelle tu venais de prononcer le mot « Papa ».

J'en avais eu un avant-goût dès mon arrivée, mais les noms des hauts lieux de la ZAD m'apparaissaient chaque jour un peu plus comme une poésie en soi. Les avoir en bouche puis les prononcer relevait de la gourmandise de connaisseur. Tu en égrenais chaque syllabe en la savourant, avec ce même plaisir que tu témoignais à saluer à tout bout de champ tes compagnons de résistance : jeunes hippies hilares, chèche ou bonnet tricoté main ; profils de profs, de syndicalistes en rupture de ban, avec lunettes pince-nez à la Zola ; vieux briscards à catogan chenu et gilet en peau de chèvre élimée ; tous te renvoyaient un bonjour chaleureux et ça me gonflait le cœur de fierté. Même s'il n'était pas encore question de clamer à tous vents : c'est mon fils ! Pour l'heure, je n'étais personne, excepté peut-être aux yeux de quelques amis qui devaient se douter de quelque chose : Armande, Mac, quelques gars et filles du Hangar ou de la Forge, pas assez aveugles pour ne pas remarquer à quel point toi et moi avions les mêmes gestes, les mêmes attitudes.

La Noé Verte, sa conserverie et ses ruches bourdonnantes ; La Rolandière, son phare bibliothèque et son cinézad ; la Petite Vacherie ; la Hulotte et son jardin maraîcher ; l'auberge des Culs de Plomb de Liminbout et sa fabrique de galettes ; la Cagette des Terres, et ses produits du marché ; la Baraka ; le Très Petit Jardin, paradis des plantes aromatiques et médicinales... Autant de lieux mystérieux avec lesquels je me familiarisais peu à peu. Pourtant, j'avais encore souvent besoin de tes lumières.

— J'ai vu une affichette, à la Wardine il y a bientôt une manifestation pour les six ans de la manifestation Sème ta ZAD...

— Ah oui, j'ai vu... C'est un projet de l'AMAAAP.

— Justement, je me demandais : c'est quoi l'AMAAAP ?

— L'AMAAAP ? Association pour mutualiser l'apprentissage de l'autonomie alimentaire à la pogne.

Tout un programme, parmi d'autres, tout aussi baroques, disséminés aux quatre coins de la Zone. Combien de fois toi et moi avons-nous parcouru des kilomètres à pied, d'est en ouest, du nord au sud ? De temps à autre, on nous prêtait des vélos, biclous hors d'âge mais vaillants. La ZAD, c'était grand !

Cela dit, tout ici n'était pas toujours que calme, volupté ou virées à bicyclette « sur les chemins environnants », au rythme échevelé de la chanson de Montand écrite par Pierre Barouh ; parfois aussi, ça gueulait. Outre les pièces qui s'y donnaient (on y avait joué récemment *Le Dehors de toute chose*, adapté du roman *La Zone du dehors* de Pierre Damasio), la très fameuse Ambazada était un lieu d'échanges et de colloques, théâtre de débats qui valaient tous les spectacles ! Dans la fumée de tabac et autres herbes naturelles, échauffés par la bière du brasseur de la ZAD, les tribuns se succédaient, les esprits s'exaltaient et les diatribes volaient bas. C'était drôle, me disais-tu, de voir tant de pacifistes en venir presque aux mains.

Bien sûr, les échanges les plus vifs tournaient autour de l'éternelle controverse entre opposants systématiques à la préfecture de Nantes et partisans des conventions d'occupations précaires, considérés comme des « collabos ». Pour un peu, on les aurait tondus, ce qui, au vu des fantaisies capillaires ayant cours sur la ZAD, aurait pas mal modifié le paysage. Cependant, d'autres querelles se faisaient jour de temps à autre. Certes, il existait depuis les débuts de l'opposition à l'aéroport une réelle cohabitation politique entre groupes d'agriculteurs et zadistes radicaux, mais là où les premiers n'avaient souhaité circonscrire leur action qu'à ce combat – combat remporté, puisque le projet avait été abandonné –, les seconds entendaient l'élargir à d'autres sujets de société.

Ainsi, convergence des luttes oblige, des migrants africains étaient-ils accueillis sur la Zone, avec cours de français à l'appui et assistance pour remplir les demandes d'asile. Le problème, c'est que certains d'entre eux refusaient de régulariser leur situation et, à ce titre, avaient trouvé refuge sur le site de la Grée, véritable tour de Babel en bois. Or ces réfractaires n'avaient pas les faveurs des paysans les plus enracinés. Clairement, deux cultures s'opposaient dans l'enceinte de l'Ambazada. Adossés aux bottes de paille qui en constituaient les murs – un empilement que l'on devait à une délégation de Basques et de Bretons –, les tenants du légalisme fustigeaient en patois les révolutionnaires faisant fi de toute loi, faisant feu de tout bois. Ça braillait avec l'accent. Ça répondait à coups de slogans tout faits. Là encore, toute parole imprudente exposait le félon à la suspicion d'intelligence avec l'ennemi, et surtout avec le pire de tous : la flicaille.

— Faut pas s'étonner, m'as-tu expliqué. Les plaies sont encore béantes. Le projet d'aéroport a été abandonné en 2018. Le 9 avril, à 3 heures du matin, les expulsions ont commencé. Toutes les cabanes de l'est de la Zone ont été détruites. Ça a été des jours et des jours de combat. Rien qu'en avril, les flics ont balancé 11 000 grenades, dont 8 000 lacrymos et 3 000 assourdissantes. Et en mai, ça a été pire...

— Tu y étais ?

— Un peu, oui. Le 17, ils ont déboulé à 1 800 mecs, 1 800 Robocop armés jusqu'aux dents, avec des dizaines de fourgons et des blindés. Le 24, un record a été battu, celui du nombre de grenades qu'ils nous ont balancées dans la gueule. Des bombes de désencerclement, des éclats de partout, ça gueulait, ça courait, j'avais les yeux en feu.

— T'as rien eu ?

— Des bricoles. Pour les petits bobos, des points médics avaient poussé un peu partout sur la ZAD. C'étaient comme des petites infirmeries de campagne. On m'a soigné avec des cataplasmes naturels. Une fois, je me souviens, j'ai eu un abcès et ils m'ont soigné avec de l'huile essentielle d'arbre à thé !

Ton sourire s'est estompé et tu as commencé à fixer le sol, comme si la suite du film avait repris sous tes yeux. Ta voix a pris une tonalité remplie de révolte et de colère.

— C'est là qu'un copain a perdu sa main. Arrachée par une grenade GLI-F4. Et je te parle pas des brûlures au troisième degré. Il a reçu une greffe de peau. Tout ça parce qu'il voulait défendre sa cahute de dix mètres carrés plantée au milieu des bois. Explique-moi, elle gênait qui, cette cabane ?

Le ton s'était durci. L'accusé, c'était moi. Moi, le complice passif de toute cette violence, moi qui avais regardé ces batailles rangées du fond de mon canapé. En me disant inconsciemment, comme tant d'autres, que tous ces petits cons excités avaient bien mérité une bonne fessée. Mauvais procès en ce qui me concernait, puisque à ce moment-là, le nez sur mon écran, j'étais en train de chercher ta présence sur les images des chaînes info. Mais cette inquiétude purement paternelle ne m'accordait aucune circonstance atténuante. J'étais peut-être un père angoissé pour son fils, je n'en demeurais pas moins un citoyen veule, désengagé de tout combat, résigné à la fin proche de la planète et de l'espèce humaine.

Pour la peine, ce soir encore, j'allais renouer avec mon assignation à résidence. Je n'avais pas encore fait mon temps. Et le vent des marais n'avait pas complètement tourné en ma faveur. Quoique. Le lendemain aux aurores, alors que je venais de me rendormir après une nuit mauvaise, tu as débarqué, hors d'haleine, dans mon repaire.

— Tu es réveillé ?

— Maintenant, oui...

— Faut que tu viennes voir ça !

Tu portais tes gros croquenots, un short de récup coupé aux ciseaux dans un vieux pantalon, un T-shirt que je t'avais offert – celui avec le scooter, celui que tu portais dans le fameux reportage de Canal +. Moi, j'avais une barbe de gangster en cavale qui veut changer de tête, et je puais le linge mal séché au soleil. Je n'ai pas posé de questions, je me suis juste mis à plat ventre au bord de la mare pour y plonger la tête, me rafraîchir, me réveiller, et je t'ai suivi vers des bois qui m'étaient inconnus. Tu t'es arrêté.

— Écoute...

Des bruits confus montaient dans l'aurore, faits de ahans, de voix humaines, de pas lourds dans l'humus, de craquements de branches. Nous nous sommes approchés et nous les avons vus : éclairés d'un faisceau perçant la canopée comme une poursuite de théâtre, soufflant des naseaux, deux chevaux de trait fabuleux étaient en train de débarder. Un harnachement de traction, tout en chaînes et en licols, ceinturait leurs corps de la croupe à l'encolure. Levant haut le sabot, leur robe baie scintillante, ils traînaient des troncs, encouragés par un homme corpulent. Tu t'es tourné vers moi, l'œil brillant :

— C'est beau, non ?

— Ça oui...

— Je te présente Dudu et d'Artagnan... ils viennent du Massif central...

— Des forces de la nature.

— Plutôt... Ils attaquent tôt le matin, avant la grosse chaleur. C'est trois copains qui ont lancé ça, Étienne, Véro et Saskia. Traction animale en maraîchage et débardage... méthodes ancestrales... pas de coupe rase, respect des sols... que du lent et du durable...

— De la sylviculture douce.

— C'est ça... Celle qui régénère, qui privilégie la cueillette et qui respecte les habitants non humains de la forêt.

C'est idiot, mais moi aussi j'étais gagné par l'émotion.

Tout était là : l'homme, l'animal et la nature en parfaite harmonie. Une allégorie de ce qui aurait dû demeurer. Tu as respecté mon émerveillement, te contentant de chuchoter :

— Pour le maraîchage, ils font du légume bio de plein champ. Leur projet, c'est de faire plus d'un hectare de culture à l'ancienne, avec des produits destinés à un usage vivrier. Des céréales, aussi, pour le pain et les galettes.

Étienne nous a salués. Nous étions au spectacle, il était fier à juste titre.

— Tu le connais bien ?

— Oui, par l'association. On bosse tous main dans la main. Forestiers, bûcherons, scieurs, charpentiers, menuisiers. Alors, comme je travaille souvent au Hangar, forcément...

— Ah oui ! Abracadabois !

— Exactement. Tu progresses ! Abracadabois, et voilà.

Tu m'as souri et nous sommes retournés sur nos pas. J'ai jeté un dernier regard vers les colosses de la forêt et leurs fardeaux de rondins monstrueux. Abracadabois, et voilà. C'était exactement ça : magique.

III

C'était une journée comme une autre – du moins le croyais-je alors. Cela faisait maintenant un bon moment que j'étais là, la notion du temps m'échappait complètement et ma montre traînait au fond de mon sac à dos. Je me levais avec le soleil, je me couchais avec lui. L'été étant à son zénith, je ne me réveillais plus en pleine nuit transi de froid. Il faisait doux au crépuscule et, bercé par les grenouilles vertes, je m'endormais à la belle étoile.

Toi et moi revenions du Hangar, où je t'avais aidé à tailler en pointe des piquets de clôture et à égaliser des madriers. Nous avons bu notre bière locale, comme d'habitude, assis devant la cabane, en attendant le retour de Tania qui, de son côté, avait passé sa journée à trier des légumes pour les disposer dans des cageots en vue du marché de la semaine. Un jour normal à la ZAD, donc. Ni plus ni moins.

Nous avons enfin vu Vaggy galoper vers nous, heureux de nous retrouver. Tania suivait non loin, avec un je-ne-sais-quoi dans la démarche d'alerte et de joyeux. Sur la table en palettes, elle a posé un cageot plein de belles pommes de terre. J'ai remarqué ses nouveaux piercings dans les oreilles, l'ai complimentée sur sa longue jupe de gitane, son T-shirt *Peace and Love*, sa bonne mine. Et je me suis apprêté à rejoindre mon bivouac de fortune sans me poser de questions.

C'est là que j'ai entendu ta voix.

— Tu ne veux pas dîner ici ?

J'en suis resté figé.

Transformé en statue de sel.

J'avais fini de purger ma peine.

Réhabilité. Pardonné, peut-être.

Même pas le temps de réagir que, déjà, tu m'invitais à rentrer. Dans ta maison. Votre maison. Enfin.

Tu as écarté la bâche comme on le fait d'un rideau de scène. Sans voix, j'ai découvert un espace d'environ quatre mètres sur quatre, meublé de l'essentiel mais incroyablement chaleureux. Une fenêtre donnant sur les lointains baignait la pièce d'une douce lumière vespérale. Quant aux bouteilles enchâssées dans le mur en terre-paille – celles que tu m'avais montrées en photo –, elles allumaient ici et là des éclats émeraude, à la façon de vitraux. Pièce maîtresse du lieu, le réchaud à bois laissait monter son tuyau de poêle vers le toit tandis que, sur le côté, une banquette en dur, disposée autour d'une cantine militaire taguée du « A » cerclé des anarchistes, alignait ses assises de coussins multicolores. Sur le sol en planches, une chute de moquette verte – la fameuse moquette Saint-Maclou qu'avait évoquée Tania à Lacanau. Aux murs, des caisses de vin tenant lieu d'étagères pour les verres et les assiettes, un garde-manger grillagé, des casseroles et des poêles accrochées à des clous. Quelques photos punaisées – Jack Kerouac, William Burroughs, Pierre Rabhi – côtoyaient la pochette d'un 33-tours de Bob Marley et une affiche typique de la ZAD : *Pas de paysages sans paysans.* Ici, pas d'électricité non plus, mais partout des bougies. Et un stock incroyable de lampes à pétrole – au moins quatre ou cinq.

Tu m'as indiqué la banquette.

— Assieds-toi, fais comme chez toi... Tu veux du vin ?

— Je veux bien.

— Il vient de la coopérative, a dit Tania. Il cogne un peu, mais il est bon.

— Moi ça me va.

Sur la cantine, tu as posé un flacon de vin en verre épais, sans étiquette, tel qu'on en voit dans les bouchons lyonnais quand on consomme à la ficelle. À côté, trois verres Amora, dont les étiquettes ne s'étaient que partiellement désagrégées. Sur l'un d'eux ne se lisait plus que « Amor ».

— Ça c'est mon verre personnel, a dit Tania. Cadeau de Niels.

Tu t'es marré. Elle disait vrai. Nous avons trinqué. À notre santé. Puis, sans façon, tu es allé chercher du pain et du fromage dans le garde-manger, et tu as posé le tout à même un plateau de bois, devant nous.

— Du pain de la boulangerie Bazar. Et du fromage de la ferme de Bellevue. Tu m'en diras des nouvelles.

Les nouvelles étaient bonnes : c'était un délice.

Tania racontait sa journée, toi la nôtre, je buvais vos paroles en même temps que le vin de la coopérative. À chaque verre, la volubilité montait d'un degré. J'ai réalisé que je n'avais pas ri comme ça depuis des semaines. Je te retrouvais tel que tu étais *avant*, avec ton fameux humour à froid qui faisait hurler de rire des tablées entières quand tu étais ado. C'est là que tu m'as demandé :

— Je te fais visiter avant le dîner ?

Et comment ! Un rideau séparait le séjour du coin chambre. Là encore, c'était sinon coquet, du moins cosy. Un matelas posé sur un châlit en bois occupait l'essentiel de l'espace. L'édredon était fleuri, comme dans les auberges d'autrefois. Ça sentait un peu le renfermé, tu as ouvert la petite fenêtre percée de traviole dans le mur. Dénichée dans un vide-grenier du coin, vous aviez redonné vie à une armoire-penderie en y inscrivant à gros coups de pinceaux : *Dressing*. Vu la somme de vos tenues, on devait vite en avoir fait le tour.

Puis nous sommes sortis par-derrière. Un auvent de tôle protégeait une minuscule galerie montée sur planches. Tu m'as montré une porte sommaire sur laquelle était écrit : *Salle du trône*. Les toilettes.

— Sèches, as-tu cru bon de préciser.

Avant de continuer, presque lyrique :

— La sciure, la petite pelle... et zou ! Rien de mieux pour les plantes.

Pour un peu, à t'entendre, ça sentait déjà la rose. N'exagérons rien. En tout cas, c'était nickel.

Nous avons poursuivi la visite. Toujours sous l'auvent, juste à côté du lieu où « le roi va seul », une petite table rustique surmontée d'un miroir faisait office de salle de bains. Une bassine y était posée et, à côté, un broc en zinc rempli d'eau, avec plusieurs bidons de réserve.

— Pour la douche, nous avons un tub. Et on se douche à l'arrosoir, comme des fleurs. Tu peux prendre une douche, si tu veux

— Maintenant ?

— Pourquoi pas ? Pardon, papa, mais tu fouettes, c'est effroyable !

C'était vraiment le monde à l'envers. Ou à l'endroit.

— Je vais voir..., ai-je répliqué, pas convaincu.

— C'est quand tu veux. Tu vois, quand je te disais que c'était le grand luxe ! En revanche, l'eau, faut aller la chercher à deux cents mètres avec ça

Tu m'as désigné une brouette.

— Un copain fermier a la bonne idée d'avoir une pompe à main, dans sa cour. À l'ancienne. Je peux me servir autant que je veux. Mais bon, on fait gaffe quand même. À force, ça casse un peu le dos, même avec la birouette.

Là encore, j'ai souri. Tu disais « birouette », en forçant l'accent bigourdan et en roulant les « r », comme ton grand-père.

— C'est bien pensé tout ça

— Eh oui ! Tu as devant toi l'exemple typique d'une expérimentation de la vie en habitat léger, utilisant des matériaux de récup ou biosourcés. L'idée étant toujours de s'opposer au bétonnage et de limiter l'empreinte humaine.

Ta démonstration était bien rodée. Un véritable argumentaire commercial. Tu allais poursuivre quand une voix t'a coupé net :

— Niels !

C'était Tania qui s'impatientait un peu.

— Oui !

— Je vais chercher des œufs à la 4L, tu peux venir m'aider ?

Alors que nous revenions dans le séjour, nous avons vu Tania se diriger vers l'épave, un panier suspendu au coude, non sans soulever un peu sa longue jupe pour éviter les ronces. Dans tout ça, par moments, il y avait un côté « Petite Maison dans la prairie » revisitée façon déglingue dont elle et toi n'aviez pas conscience, mais qui était bien là. Nous avons donc rejoint le séjour et, ensemble, avons pelé les pommes de terre rapportées par ta Laura Ingalls à piercings et cheveux mauves – couleur du moment. Nous étions face à face, autour de la cantine-table de la salle à manger, toi avec tes grandes mains arachnéennes et tes cheveux d'étoupe, moi avec ma barbe d'australopithèque affamé.

— Au menu de ce soir : œufs à la coque maison dans leur coquetier maison, patates de la Cagette de Terre, vendues dans toutes les Amap de la région nantaise, et nouilles aux céréales complètes fabriquées sur la ZAD, as-tu annoncé. En dessert, des cerises du Verger et des galettes de La Fabrique. Le tout arrosé de notre bon vieux pinard de la Coopérative Comment tu le trouves, d'ailleurs ? Un petit goût de « revenez-y » ?

— Ma foi, je ne dis pas non.

Ton vin avait le mérite de nous réchauffer le cœur, c'est pour cela que je le trouvais bon. Pour le reste, il avait un goût de fruit pas désagréable, mais je pense qu'on aurait pu décaper des volets avec. J'en ai repris un verre Amora presque cul sec et une boule de feu m'a traversé le gosier. Finalement, entre ça et la moutarde En secret, je priais pour qu'il reste du Doliprane 1000 dans mon sac. Ou que le Très Petit Jardin en confectionne l'équivalent naturel sous forme de tisane.

Finalement Tania est revenue avec les œufs, qu'elle a plongés dans l'eau bouillante, pendant que tu jetais les morceaux de pommes de terre dans une grande poêle graisseuse sur le double feu du réchaud à bois. Tout cela ronronnait. Tu m'as montré les coquetiers que tu avais fabriqués avec du bois de chêne, juste un creux rond pratiqué à la gouge dans un épais segment de branche. Et puis nous avons commencé à nous régaler. En trempant ma mouillette au cœur d'un jaune épais au pur goût de campagne, j'ai eu l'impression, une fois encore, de redécouvrir ce qu'était un œuf.

Ensuite, il y a eu les nouilles aux céréales, arrosées d'huile de noix locale ; puis, en dessert, des cerises et des abricots. C'était parfait et délicieux. À charge de revanche ! Pour vous remercier Tania et toi, je vous ai promis de vous inviter en retour à la cantine végétalienne de la Wardine. Ou chez Armande, ma grande copine. Ça vous a fait rire.

— Pourquoi pas ?... Ça nous ferait une sortie !

Tania nous a parlé d'une rencontre à venir au Haut Fay, autour d'un livre écrit et illustré par des étudiants : *Notre-Dame-des-Landes, le métier de vivre*. Il a aussi été question de répétitions musicales, de balades naturalistes, de plantation de semis et de montage de serres.

Car Tania savait tout sur tout sur la vie de la ZAD. Selon toi, elle était très demandée au moment du marché pour présenter artistiquement les produits, inventer des stands créatifs qui attiraient le chaland, composer des bouquets sauvages tels qu'elle avait appris à le faire pendant sa formation.

— Oh, c'est juste un petit coup de main comme ça,

s'est-elle défendue. Rien de grandiose mais au moins je garde le geste. Et ça aide les copains. Des gens qui aiment les fleurs, on en trouve partout, ici.

Puis la conversation a roulé sur le métier d'ébéniste (avant que nous-mêmes ne roulions sous la table). J'ai découvert à quel point c'était chez toi un vrai plaisir de travailler le bois.

— Et dire qu'après ton bac, je m'obstinais à penser que tu voulais être cinéaste

— Pourquoi pas, à l'époque ? J'adorais tourner mes petits films...

— Avec tes sœurs comme cobayes ! N'empêche que tu avais de sacrées dispositions c'est pour ça que

— Écoute, tu as fait ce que tu as pu, j'imagine.

Le « j'imagine » était de trop, mais ce qui précédait l'a rendu plus rond en bouche. D'un coup, ta piquette s'était transformée en Petrus.

*

On n'a plus entendu que le feu vrombir dans le poêle et, au-dehors, les bruits de la nuit prendre peu à peu le dessus : coassements de grenouilles, hululements de chouettes et autres obscurs petits craquements nocturnes émanant de nulle part et de partout. Le vin aidant – qui sait ? –, je me suis alors dissocié de mon corps pour prendre de la hauteur et contempler la scène d'en haut. J'étais moi-même hibou, effraie, esprit nocturne, farfadet, peu importe, et je dominais la pièce sans être décelé dans l'ombre. Dédoublement providentiel mais étrange. Une gêne m'a saisi. Était-ce déjà trop tôt pour cette intimité ? Étais-je un usurpateur ?

Un profiteur ? La terreur qui me hantait depuis l'enfance venait encore me harceler. J'étais de trop. Pas à ma place.

Le temps de revenir dans mon enveloppe de chair, j'ai prétexté un coup de fatigue et voulu prendre congé. Il m'a semblé faire cela dans les formes, assez délicatement pour ne froisser personne, mais assez résolument pour m'extraire des lieux sans tarder. Me retrouver seul. Vous laisser en paix, tous les deux. Vous m'aviez tellement témoigné de gentillesse, en ce drôle de soir. Mais alors que je me levais pour vous libérer – et moi avec –, vous embrasser dans la foulée et surtout vous remercier, j'ai senti se poser sur mon épaule ta grande patte insistante.

— Tu ne vas pas partir comme ça ?

— Merci, mais vous devez être fatigués

— Sérieusement ? Tu comptes rejoindre ta tanière en carton ?

— Eh oui... mon palace forestier...

— Comme tu veux... mais avant de partir, viens juste jeter un œil.

Tu as pris un air mystérieux, lampe-tempête à la main, m'invitant à te suivre. Tania t'a emboîté le pas, tout empressée. Nous sommes sortis. Lorsque tu as ouvert la porte de l'appentis à outils qui jouxtait la cabane, la campagne entière retenait son souffle. Même la ronde figure de la lune s'est hissée au-dessus d'un attroupement de nuages pour ne rien rater du moment.

Me précédant, tu as tendu le bras pour éclairer les lieux de ta bougie. Et j'en suis resté bouche bée. Car il n'y avait pas le moindre outil dans l'appentis à outils. Il y avait un lit simple, avec des draps, des couvertures, une chaise supportant un ancien pot de confiture d'où jaillissait un bouquet de fleurs sauvages. Un cintre suspendu au mur. Au gré de la lueur vacillante, ce décor se révélait maintenant tout à fait à moi. Non, je ne rêvais pas. Un vrai lit. Un toit. Un palais.

— Voilà ta chambre, papa. C'est chez toi. Demain, tu t'installes. Et on fêtera ça.

Je n'avais pas de mots. Je vous ai embrassés l'un après l'autre, essayant de vous lancer un merci de fortune, un merci friable qui s'est émietté sur la deuxième syllabe. Impossible d'émettre un son de plus. J'ai éteint ta bougie du peu de souffle qu'il me restait. Les jambes m'ont lâché, je me suis retrouvé assis sur le matelas.

— Merci j'avais tellement besoin d'un toit, ai-je balbutié dans la pénombre.

Tu ne m'as pas loupé, me répondant du tac au tac :

— Moi qui pensais que tu allais me dire : j'avais tellement besoin de toi.

Tania s'est esquivée. Je me suis levé et, gauchement, je t'ai serré dans mes bras. Ta carcasse immense. Je n'avais plus l'habitude.

— Je te préviens, y a du boulot. Sur le potager ou ailleurs, tout est aussi à reprendre depuis le début.

— Je me construirai ma cabane, ai-je seulement réussi à dire.

Dans le clair de lune bleuté, j'ai deviné ton sourire.

Tania et toi êtes sortis de la chambre et je suis resté seul. De la mèche calcinée est montée en volutes une odeur typique, l'odeur de fumée des bougies d'anniversaire quand elles viennent d'être mouchées. Anniversaire ? Je me suis demandé quelle date nous étions. Deux ans depuis

Lacanau. Depuis ton départ. Presque jour pour jour, qui sait.

Il m'a fallu un moment avant de vous rejoindre. M'étant accoutumé à la pénombre, j'y voyais désormais plus clair et c'est facilement que je vous ai retrouvés tous les deux, au coin du feu. Oui, on allait fêter ça.

Le lendemain, Armande m'a vu arriver gros comme une maison. Elle revenait du marché de la ZAD où elle avait fait le plein. Sa Kangoo hors d'âge était pleine à craquer. Je lui ai proposé de l'aider à vider le coffre.

— Tiens, voilà le papa ! Quel bon vent ?

— Celui des vraies retrouvailles.

— Avec Niels, j'imagine.

— Gagné.

— C'est ce qui me semblait. Tu sais, la première fois, quand tu m'as dit que tu étais son oncle, en moi j'ai pensé : « Et moi je suis la Sainte Vierge. »

— On se ressemble tant que ça ?

— Les mêmes ! Y a vraiment que vous deux pour ne pas vous en apercevoir.

Un joli rire s'est fait entendre. C'était la Calamity Jane du Hangar, la fille au joli déhanché qui m'avait surpris en train de t'épier. Elle était venue donner un coup de main à sa mère et portait toujours aussi bien son Levi's élimé.

— Ma fille Margaux, avec un « x », a lâché Armande en soulevant une caisse de six bouteilles.

Après Fats Waller, j'ai tenu à marquer un nouveau

point :

— Margaux, comme le vin préféré

— d'Hemingway, bravo, a complété Armande.

— Et le vin préféré d'Hemingway doit filer ! a ajouté la jolie voix.

— Merci de ton aide, ma puce.

— Bye !

Margaux s'est éloignée. Elle ne s'est pas retournée. Je l'ai pris comme un cadeau. C'était gentil de sa part.

Enfin délestée de sa charge, la voiture s'est redressée comme un cheval fourbu qui se rétablit sur ses arrières. Armande m'a offert une bonne bière pour la peine.

— Tu as quoi comme vin en ce moment, Armande ?

— Gros-plant nantais… qui vaudra toujours mieux que tes plans foireux.

— Pas faux.

— Aller te cacher dans la forêt, franchement, quelle idée

— Ah, tu étais au courant ?

— Comme tout le monde…

J'ai toussé.

— Et à part ça ? Qu'est-ce que tu as ?

— Saumur-champigny. Bio, lui aussi, *of course*. Et bon, très bon. À boire un peu frais.

— Tu m'en mettrais une caisse ?

— Holà ! La caisse, c'est vous qui allez vous la mettre si vous buvez tout ça !

— Penses-tu… c'est pour les remercier, Tania et lui. On en boira une ou deux…

Elle m'a fait un clin d'œil par-dessus ses lunettes rondes.

— Mouais...
— Et tu me la fais à combien ?
— À prix coûtant. Je l'aime bien, Niels, il m'a souvent donné un coup de main. Comme toi aujourd'hui. D'ailleurs, toi aussi je t'aime bien, avec tes airs de Parigot qui débarque de la lune. Pour les sous, on verra ça plus tard, tu veux ? Rien ne presse. Prends la caisse et tire-toi ! Comme dans un hold-up !

J'étais mort de rire. Elle m'a prêté sa petite carriole à main. J'ai regagné ma clairière et mis les bouteilles au frais dans la mare, chacune attachée au bout d'une ficelle, ainsi que le font les pêcheurs du dimanche en attendant que ça morde. Puis la fin d'après-midi est arrivée, j'ai rassemblé mes affaires, laissé mon campement impeccable, me suis frictionné dans l'eau avant de passer un T-shirt propre. Cette fois, j'ai vraiment essayé de me faire beau. Enfin prêt, j'ai mis mon sac et la caisse de vin dans la cariquelle ; j'ai dit au revoir à ce coin de forêt qui m'avait accueilli ; et je me suis dirigé, tout ragaillardi, vers ma nouvelle maison.

L'air embaumait le foin chaud, une odeur âcre et revigorante, je me sentais vivant, à ma place, pour ne pas dire heureux.

*

Quand je suis arrivé, tu étais paisiblement en train de tisonner des braises. Un ancien fût en fer, coupé dans la longueur et posé sur des supports en bois, te servait de barbecue. En me voyant débarquer avec mon paquetage, il y a eu de l'or dans tes yeux de miel et tu m'as balancé un grand sourire tout simple.

— Ce soir, filets de poulet au citron sur barbecue. C'est super bon et ça fait fuir les moustiques. J'ai beau planter de la menthe poivrée, ils reviennent toujours.

La brèche était trop belle, je m'y suis engouffré.

— Tu as essayé l'encens d'huiles essentielles ? Au Très Petit Jardin, ils en ont en ce moment.

— Ah bon ?

J'ai triomphé ostensiblement.

— Si j'avais su, je t'en aurais apporté Demande-moi dans ces cas-là !

Pas dupe de ma provocation, tu as refusé de rendre les armes.

— C'est toi qui vas m'apprendre des choses sur la ZAD, maintenant ?

— Faut croire que oui !

— Mieux vaut entendre ça que d'être sourd En attendant, tu peux aller prendre tes quartiers, si tu veux.

— Ça marche. On peut mettre ça au frais. En direct de chez Armande.

Nous avons sorti les bouteilles, encore mouillées de leur bain dans la mare.

— Tania n'est pas là ?

— Au potager. Pour les tomates. Et le basilic. On en a un peu. C'est un petit miracle.

— Top. Bon, c'est pas que c'est lourd, mais je vais aller poser mon sac.

J'ai redécouvert ma chambre, plus belle encore que la veille. Elle sentait bon les fleurs des bois et les fougères. Un rai de lumière découpait l'espace comme une part de gâteau d'anniversaire. Une grosse mouche se cognait au carreau avec entêtement. Le lit semblait accueillant, en dépit du maigre matelas posé à même son châssis de planches. Je me suis étendu un instant, sur le dos, un sourire aux lèvres. J'ai écouté la nature et, mieux encore, ma nature. J'aurais tant voulu partager ce moment avec Anna, Hugo, les filles. Mais pour l'heure, c'était notre moment, à toi, Tania et moi. Il fallait en passer par là. En fait il était surtout là, le miracle : j'étais perdu et, grâce à toi, je m'étais retrouvé.

*

— À table !

J'ai sursauté. Je m'étais à moitié assoupi. Un bon lit, je n'avais plus l'habitude. J'ai plongé la tête dans mon bac d'eau fraîche, et je suis sorti. Tania et toi m'attendiez, un verre de saumur-champigny à la main, et les morceaux de poulet grésillaient gentiment sur le gril. Une appétissante fumée citronnée tournoyait selon les caprices du vent, dont tu t'écartais avec un art consommé de l'esquive. Tania se tenait prudemment à l'écart. Tu m'as tendu mon verre.

— Merci pour le vin. Il est bon.

— C'est bien normal. Je suis royalement installé. Tellement bien que je me suis endormi, tu vois. Ce calme, le matelas, la douceur du soir... Impossible de résister.

— *Salud.*

— *Salud.*

Nous avons rempli nos assiettes, nous nous sommes assis sur le canapé délavé par la pluie et le soleil. Puis nous nous sommes nourris. Dans ce contexte, il était inapproprié de parler de dîner, ou de repas. Il y avait dans le mot nourriture quelque chose de plus juste, quelque chose de biblique, qui tenait du temporel et du spirituel. Tania nous avait préparé plusieurs petites salades, de tomates et de basilic, de courgettes parsemées de parmesan râpé, de mâche et de pois chiche. Il y avait aussi du fromage et du pain. Et des cerises et des fraises. Un festin.

Autour de nous, la nuit tombait sur la prairie, diluant les formes dans l'eau d'une aquarelle improvisée, rendant les arbres et l'éolienne fantomatiques. Des dégradés de bleu, le ciel était passé au rose presque parme, laissant au bas de la toile quelques nuages enflammés tracés d'un coup de pinceau. Sa signature d'artiste. La fraîcheur du soir se mêlait aux exhalaisons herbeuses de la terre, toute saturée de soleil pendant la journée. On entendait un chien au loin, quelques rires là-bas, les poules plus près. Il n'y avait pas grand-chose à dire, sinon à devenir papier buvard, afin de s'imprégner à la fois de l'encre de la nuit et de celle, rouge grenat, qui irriguait nos veines à grand renfort de tanin et d'arômes épicés. Fine mouche, Armande avait vu juste : verre après verre, bouteille après bouteille, nous étions en train de nous arsouiller dans les règles. Proprement. Méthodiquement. Quand Tania a constaté que nous rechargions nos verres avec une régularité d'artilleurs au cul du canon, elle nous a souhaité bonne nuit et nous a laissés à notre offensive, seuls et en rase campagne.

Enlever les grilles du barbecue, puis raviver les braises de bois sec nous a aidés à ressusciter le feu. Un feu d'artifice, en vérité, à en juger par les escarbilles montant dans la nuit en bouquets incandescents. Oh, la belle jaune. Oh, la belle orange. Notre petit 14 Juillet rien qu'à nous. Assis de chaque côté du foyer, les yeux fixés sur le spectacle toujours hypnotique que constitue une flambée, nous sommes restés longtemps sans mot dire. Jusqu'à ce que je lance les festivités pour de bon. Le moment était venu.

— Pas de regrets ?

— Quoi ?

— D'offrir une chambre à ton père qui t'a chassé de chez lui il y a pile deux ans ?

— Non. Mais ça me fait plaisir que tu te souviennes de la date.

— Pas un hasard, j'imagine.

— Pas un hasard.

Il y a eu un silence, puis :

— Papa, tu connais le kintsugi ?

— Le kintsugi ? Ça ne me dit rien...

Tu as ménagé ton effet.

— Le kintsugi, c'est un art japonais qui consiste à réparer des céramiques avec de la laque végétale et de l'or, afin de rendre désirables les objets cassés. Avec un peu de chance, ils sont encore plus beaux qu'auparavant.

Le verdict était tombé, d'une clémence inespérée. J'avais bénéficié des circonstances atténuantes. J'ai juste levé mon verre :

— Au kintsugi.

— Au kintsugi.

Pas le moment de craquer. Ni de verser dans l'impudeur. J'ai préféré me resservir un coup de rouge.

— Niels ?

— Hmm ?

— J'ai compris plein de choses depuis mon arrivée. Je vois bien que tu es heureux. Et maintenant, je sais pourquoi.

Cette fois, c'est toi qui as repris un verre pour faire diversion. Et puis la question m'est arrivée en pleine face, comme la mouche contre la vitre, tout à l'heure.

— Et toi, papa... tu es heureux ?

J'en ai eu le souffle coupé. Me demander comment j'allais, c'était bien la première fois de ta vie. Et puis, comment répondre à ça ? Pas le genre de la maison, ce type d'interrogation. Mais nous étions dans une cabane. De quoi ouvrir d'autres portes.

— Oh là vaste sujet.

— Justement.

Plus question de me dérober.

— En ce moment c'est compliqué, je ne te le cache pas Mais bon, ça, c'est la vie le boulot les emmerdements classiques

— Le boulot ?

— J'ai complètement dévissé. Sorti des radars. Je suis devenu personne. Et tout a suivi : les problèmes de fric, les menaces d'huissiers, l'interdit bancaire, les engueulades avec Anna, la séparation. Pour prendre du recul, officiellement.

— Mais des problèmes de fric graves ?

— Gravissimes. Je suis endetté jusqu'au cou. Plus un rond. Plus un achat, plus un voyage. Tu me diras, l'avantage, quand on est fauché, c'est qu'on réduit pas mal son empreinte carbone.

— Eh ben la jungle, c'est pas ici, à ce que je vois

— Ici, c'est un champ de roses à côté de Paris et de la façon avec laquelle on jette les gens comme des Kleenex quand on n'a plus besoin d'eux. Jusqu'à ce qu'ils aient envie de disparaître pour de bon. Quand je pense à ces derrières années, je les vois agrégées, grises, lourdes. Comme si j'avais eu les pieds pris dans un bloc de ciment. Entraîné par le fond entraîné malgré moi sur une vie toute tracée, sans rien pouvoir y changer malgré tous mes désirs… Tu sais, ça me fait penser à ces gamins dans les manèges, qui tournent frénétiquement le volant de leur voiture, comme si ça servait à quelque chose…

— Tu parles de Paris, mais dans la société aujourd'hui, c'est partout pareil

— C'est vrai. Partout. Mais Paris est la seule jungle que je connaisse. Et pour cause.

J'ai vu la perplexité se lire sur ton visage. Le feu y projetait des éclats lancinants, te composant un masque de nô, changeant au gré des ombres et des lumières, creusant tes orbites ou faisant briller tes yeux tour à tour. De longues secondes se sont écoulées dans le crépitement du silence.

— Et pour cause ? as-tu repris. Tout à l'heure tu me parlais de regrets. C'est quoi, tes regrets ?

La réponse, je l'avais en moi depuis longtemps. Te la donner n'a pas été long.

— Celui de ne pas avoir fait comme toi : un vrai choix. Un choix net, tranché, franc du collier. Un choix pour un vrai combat. La vie, la terre, l'avenir. Ou l'art. Ou l'écriture. Ou les voyages, peu importe. Mais sans concession.

— Tu aurais pu vivre comme ça ? Comme moi ?

— Pas forcément. Je n'aurais pas eu ce courage. Mais toi, encore une fois, tu as choisi. Tu n'as pas essayé de composer.

— Ce que tu as fait ?

J'ai repris une gorgée.

— Bien sûr ! C'est tout mon drame. Moi, je voulais écrire. Je n'avais pas besoin de grand-chose. Pas d'une grande baraque. Pas d'une belle bagnole. Juste écrire. La vie d'artiste dans une grange retapée, même à quatre, cinq ou six, ç'aurait été parfait. Or j'ai fait exactement le contraire. Grand appart, voiture, confort matériel Va savoir pourquoi, j'ai coché toutes les cases des attributs bourgeois. Et en faisant ça, j'ai lancé un train derrière lequel j'ai couru toute ma vie.

— Le fameux train de vie, as-tu souri.

— Voilà. Le fameux train de vie. Celui pour lequel tu es conditionné quand tu appartiens à un certain milieu et que tu as une certaine éducation. Certains codes. Je ne les renie pas, je dis qu'ils pèsent lourd Et finalement, un beau jour, le train te laisse à quai, avec tes grosses valises. Tout seul. Et là, c'est compliqué.

J'ai posé mon verre. Quand on file la métaphore à ce point, quand le lyrisme s'en mêle, c'est qu'il faut faire une pause. Aimablement, tu as poursuivi sur la même voie.

— Des trains, y en a plein ils se succèdent

— C'est vrai, mais la vie passe. Et elle passe vite. Quand tu joues sur tous les tableaux, tu perds sur tous les tableaux. J'ai commis deux ou trois livres, qui n'ont pas marché parce qu'ils n'étaient pas aboutis. Pas le temps. Un écrivain velléitaire. Et d'un autre côté, je n'ai jamais fait carrière. Pas l'énergie. Pas l'ambition. Un publicitaire à la petite semaine. Résultat : la chute. Quand tu es assis entre deux chaises, en général c'est comme ça que ça finit.

Sans doute pour temporiser, tu t'es levé pour rajouter des bûches.

— OK, mais une fois qu'on a dit ça

Le feu est reparti de plus belle.

— ... tu as bien vécu, non ?

— On est toujours le riche de quelqu'un. J'ai gagné juste assez pour garder la tête hors de l'eau. Et j'ai bien conscience que je ne ferai pleurer personne. Mais j'envie tellement ceux qui peuvent dire sur leur lit de mort : j'ai eu la vie que je voulais ! Une vie accomplie ! Moi, j'ai vécu sans me mouiller, à passer entre les gouttes, sans prise sur le réel. Posté derrière ma vitre, dans la posture bien commode de l'observateur. Avec devant moi des figurants, un décor, une pièce à laquelle je n'ai jamais cru un instant. Je n'étais pas dans la scène.

— Tu exagères un peu, là, non ?

— Moi qui voulais voyager, je n'ai rien vu du monde. Ou si peu. Et d'un autre côté, je n'ai jamais eu assez de temps, ou assez de talent, ou de motivation, pour créer de l'évasion à travers la fiction. Et à quoi tout ça m'a mené ? Je te le dis, à une existence par défaut. Ou par procuration. Avec des destinations de rêve pleins mes tiroirs. Quand je pense à tous ces articles découpés pour rien dans les pages des journaux

— Papa, y a pas que ça qui compte, tu le sais bien

— C'est vrai. Il y a l'amour, aussi. Et de l'amour, ça oui, j'en ai eu. Et des enfants. C'est beaucoup. C'est une chance. C'est même l'essentiel. Mais pour l'intensité, l'aventure, l'imprévu, ce sera pour une autre vie. Faut jamais courir plusieurs lièvres à la fois. Ils te laissent sur place, tu les perds de vue et, après, ils s'entre-dévorent.

J'ai hoqueté. Le saumur tapait dur.

— Et ton entourage ?

— Quand tu es comme moi, entre les deux, tu es un fauché parmi les riches et tu ne seras jamais un des leurs. On ne parle pas la même langue. À l'inverse, aux yeux des vrais artistes, des purs et des tatoués, tu restes un planqué. Un bourge. Un traître. En fait, tu n'es jamais là où il faut.

— C'est surtout que tout le monde est obligé de composer, comme tu dis.

— Pas tout le monde. La preuve : toi.

— Si tu le dis… N'empêche que ce n'est pas si simple, crois-moi. L'hiver quand ça caille, et quand il pleut, et quand on a froid, je peux te dire que je compose, moi aussi. Notamment avec l'idée que je me faisais de mon propre idéal

— C'est joli, ça.

— Quoi ?

— L'idée qu'on se fait de son propre idéal C'est toi qui devrais écrire.

Tu as haussé les épaules.

— Les chiens ne font pas des chats. Pourquoi tu ne t'y remets pas, toi ?

— À écrire ?

— Oui ! Un roman ! Le roman de la maturité ! Au Taslu, y a des lectures de Pierre Rhabi, Lucrèce… Kropotkine… Pourquoi pas ton futur bouquin dans les étagères ?

J'avais vu le Taslu. Un endroit magnifique, sobre et chaleureux comme une ferme suédoise, où les ouvrages s'alignaient sur des planches en bois blond, en dessous des poutres.

Ton enthousiasme m'a bouleversé mais je l'ai quand même douché.

— C'est pareil, faut se méfier de l'écriture. Pour Lucrèce ou certains autres, c'est merveilleux. Il y en a. Des génies, des talentueux, des aventureux. Mais quand tu as une petite vie, écrire peut être un alibi dangereux. L'alibi des ratés. Ceux qui ont manqué le rendez-vous avec le monde, qui n'ont pas touché sa chair, et qui se trouvent des excuses parce qu'ils se pensent différents, un peu à part. Or s'inventer un monde ne remplace pas le vrai. C'est juste une façon de se dédouaner. De justifier l'injustifiable. De légitimer ses échecs. Et d'essayer d'en faire quelque chose d'honorable : un peu de littérature. Voilà bien la plus pathétique des consolations que l'on puisse s'inventer.

Tu as eu l'air sincèrement désolé pour moi.

— Et alors, tu vas faire quoi, papa ?

Ce « papa », comme il était doux à mon oreille. S'il y avait une consolation en ce bas monde, c'était celle-ci.

— Je ne sais pas. Rester ici, un peu. Me mettre en

friche. Après je verrai. Bien sûr que j'aimerais partir, voir le monde, même en ruine. Partir sac au dos. Mais à Paris, j'ai ma vie. Et puis, entre nous, c'est trop tard, maintenant... D'ailleurs, ça a toujours été trop tard. Pour ça j'en veux beaucoup à Dieu, qui m'a parachuté dans la mauvaise époque. Je n'ai jamais pu m'y faire. J'étais fait pour naître vingt ans plus tôt.

— Carrément...

— Carrément. La vérité c'est que je suis atteint d'une maladie honteuse et douloureuse qui s'appelle la nostalgie. Sincèrement, je n'ai aucune envie de voir la suite des événements. Vivre avant et crever maintenant, ça m'aurait bien plu.

— C'est gai...

— Que veux-tu, on ne se refait pas. Tu vois, Niels, j'ai pas l'air comme ça, je peux même être marrant par moments, mes amis me le disent, mais la vérité c'est qu'au fond de moi, je suis l'être le plus triste que je connaisse.

Tu m'as mis la main sur l'avant-bras.

— Entre pessimistes, on peut se le dire : OK, c'est vraiment la merde, mais quitte à être là, autant se persuader qu'il n'est pas trop tard tu ne crois pas ?

— Sans doute... Et pour toi encore moins, mon Niels... alors profite ! Tu es bien ici, mais tu n'as pas envie de bouger ? de voir du pays ?

Ma voix commençait à sérieusement savonner. Tu as pris un air de carbonaro.

— Avec Tania, on économise pour acheter un camion. L'aménager. Et faire la route. On bossera pendant les escales. Et puis on reviendra ici de temps en temps. Pour continuer la lutte.

On a levé nos verres Amora :
— À la lutte.
— À la lutte.
Et on les a vidés jusqu'à la dernière goutte. Avant d'en remplir deux autres.
— Au camion !
— Au camion.
Puis un troisième :
— À la liré à la littré rature !
— T'as raison ! Aux ratures !
Cul sec, à nouveau. Ça n'a pas pardonné. Tout s'est mis à tourner. J'étais soûl comme un Polonais. Et à te regarder, on était deux. Ou bien était-ce que je voyais déjà double ? Tu t'es levé, chancelant, verre brandi et verbe haut :
— En attendant de voir le monde, et si... et si on roulait un peu ?
— Allez !
Dans ta bouche, je savais ce que voulait dire « rouler ». Mais au point où nous en étions, franchement, je n'en avais plus grand-chose à foutre. J'étais avec toi, rond comme une queue de pelle. Aux anges. J'ai attrapé une autre bouteille, toi les deux Amora dont le « Amor » de Tania et, rigolant comme des soudards en découvrant notre propre démarche, nous avons zigzagué jusqu'à une autre épave : celle de la 4L, laquelle nous ouvrait d'autant plus grand ses portes que, pas davantage que de roues, elle n'en était pourvue.

*

Ivres et hilares, nous avons pris place dans la vieille

Renault qui, dans un lointain passé, avait dû être rouge. Depuis, tache après tache, la rouille avait dessiné un étrange atlas à la surface de sa carrosserie – du moins ce qu'il en subsistait. Un nouveau monde à découvrir ? Il lui restait néanmoins l'emplacement de ses deux phares, qui lui faisaient deux orbites mortes. Ajoutées à sa calandre oxydée, cela lui composait le plus triste des sourires. Elle avait un charme fou, un charme d'années heureuses. Quand tu as pris la place du conducteur et moi, celle du passager, nous avions derrière nous trois locataires à plumes. Sans doute en train de couver, l'œil mi-clos, elles se tenaient tranquilles. Les mains sur le volant en bakélite, tu t'es mis à jouer comme un enfant avec le levier de vitesse. Ce dernier, avec des allers-retours de trombone à coulisse, s'enfonçait, horizontal, sous le tableau de bord en plastique marron.

La situation m'a rappelé les films de Claude Sautet. On y trouve toujours une scène qui se déroule dans une voiture. Le plan est pris de face. Derrière le pare-brise, les deux héros se parlent d'autant plus franchement qu'ils sont assis côte à côte, que leurs regards, précisément, ne se croisent pas. Souvent des scènes d'aveu, de vérité, des scènes tristes ou dramatiques. En général, il pleut, et les visages apparaissent, soucieux, entre deux passages d'essuie-glaces et deux éblouissements de phares. En un éclair, on voit que Romy Schneider est au bord des larmes et que Michel Piccoli tire sur sa cigarette en plissant les yeux. Mais là, c'était différent. Nous ne voulions pas être tristes, ni soucieux, il ne pleuvait pas, la nuit était belle, nous avions juste à cœur, je crois, de fixer la route droit devant nous, loin, très loin.

Le silence est revenu. Tu venais de cesser tes va-et-vient avec le levier de vitesse. Je n'ai pu m'empêcher de te lancer :

— Voilà qui te fait au moins un point commun avec les gendarmes.

— Hein ?

— Tu ne savais pas ? La 4L, c'était la seule voiture assez haute de plafond pour qu'ils puissent conduire képi sur la tête.

— C'est une blague ?

— Pas du tout ! Quand j'étais petit, c'était comme ça.

Tu as regardé au-dessus de toi. Même avec ta haute taille, tu tenais à l'aise. C'était donc vrai. Et c'était bien la première fois que je te voyais sourire à propos d'un sujet si sensible.

— Peut-être mais à l'époque, c'étaient de gentils gendarmes... avec une moustache et un petit sifflet...

— Et un accent de l'Aveyron, c'est ça ?

— C'est ça. Comme dans Guignol. Pas des salauds.

Là, tu ne rigolais plus. Il était temps de changer de sujet.

— Bon, on va où ? ai-je lancé en nous remplissant à ras bord nos verres à moutarde.

— Je sais pas... Là où le hasard nous mène.

Tu as eu un sourire mitigé, ce sourire typique qui trahit mieux que tout la gaieté triste des arsouilles. C'était bien plus qu'un départ vers de nouveaux horizons : nous avions devant nous une nationale sans personne. La Nationale 7, celle de Trenet, bordée de platanes, celle des voyages dans le temps qui partent de l'enfance et vont jusqu'au tombeau. Il n'y avait plus de rétroviseurs depuis longtemps sur la 4L, mais à ce moment précis, tu avais la même expression que sur la photo. La photo de tes treize ans, avec ta chemise blanche. C'est là que j'ai sorti la tête, à l'endroit même où se trouvait la vitre de la portière disparue. Les yeux fermés, je jure avoir senti le vent de la vitesse me fouetter le visage.

Sur cette belle lancée, dès le lendemain, tout s'est mis naturellement en place. Mon fils aîné m'offrait le gîte et le couvert, la vie l'avait voulu et je ne voulais pas la contrarier.

Quelques jours ont passé, qui m'ont paru assez proches du paradis originel. Ma chambre donnait directement sur ce jardin d'Éden et les journées se déroulaient au rythme d'activités simples – travailler, se reposer, se nourrir, étancher sa soif, rêver, musarder, contempler, papoter un peu le soir, lire à la bougie. Cultiver, se cultiver.

Deux ou trois fois, j'ai appelé Anna. Elle était toujours chez ses parents avec Hugo. Cette distance leur faisait du bien à tous les deux en attendant la rentrée. Mes grandes filles étaient en vacances, chez des amis. Tout le monde passait son été à se ressourcer. Or ma source à moi, c'était ce lieu qui me prodiguait ses heures limpides, comme si chacune d'elles était à la fois la première et la dernière.

En somme, rien n'aurait dû gâcher cette quiétude, qui semblait vouloir durer des siècles. Rien. En principe.

*

Nous étions vendredi soir et nous venions de revenir du marché de la ZAD, nos paniers remplis de fruits, de légumes, de fromages, de bouteilles de cidre, de bière, de pain et même de charcuterie. Toutes ces victuailles provenaient d'ici, bien sûr, directement issues des prés, des poulaillers et potagers locaux. Tous les trois, nous étions dehors, assis sur le canapé, le chien à nos pieds. Comme souvent quand il faisait beau, la table était simplement dressée sur les trois palettes empilées. Tout était bien. Tu avais préparé une ratatouille froide sur du riz, une bouteille d'Armande trônait sur la table, nous allions attaquer la tomme de brebis avant de finir sur une salade de brugnons que nul ici n'aurait songé à appeler « nectarines ».

Après un silence, j'ai posé mes couverts, les commissures encore luisantes d'un jus frais et sucré, jaune et brillant comme le soleil. Celui-ci commençait à se poser sur les plus hautes branches des arbres. Et puis je me suis lancé. Un moment que ça me travaillait.

— C'était un régal Je plains les gens qui ne connaissent pas ça

Tania et toi avez opiné du chef, l'air de dire : « Pourquoi crois-tu que nous sommes là ? » J'ai continué.

— D'ailleurs, à ce sujet, je pensais à un truc Mais bon, c'est juste une idée comme ça, hein, c'est pas

Tu as eu une expression qui en disait long. Toi, le dessinateur doué, semblais assez amusé de voir ton père s'emmêler les crayons. Tu m'as aidé.

— Une idée ?

— Si on veut, oui...

— C'est quoi ?

— Dites-nous ! a renchéri Tania, sans malice.

Vous étiez suspendus à mes lèvres, maintenant humectées.

— En fait je me disais... Quand on voit tous ces produits, là, tellement bons, pleins de goût, élaborés de façon naturelle

On entendait voler les mouches autour de la tomme. J'ai repris mon élan.

— et quand on sait à quel point la ZAD a une image forte de gens qui ne trichent pas d'incorruptibles, quoi

— Oui ?

— Eh bien, je me demandais... Personne ici n'a jamais songé à en faire quelque chose, de tout ça ? Je veux dire, c'est un trésor que vous avez entre les mains C'est presque dommage de ne pas en faire... je ne sais pas moi... une force...

Comme tu ne bronchais pas, c'est Tania qui a réagi :

— Euh c'est-à-dire, une force ?

J'y suis allé mollo.

— Une image, si tu préfères. Une image de marque, quoi.

Autant le mot « image » convenait bien avec les crayons que j'essayais de rassembler, autant le mot suivant me semblait plus risqué. Tu ne t'y es pas trompé, même si ton expression demeurait bienveillante.

— De marque ?

— Oui, de marque. Que vous le vouliez ou non, la ZAD, aujourd'hui, c'est une marque. Je trouve que c'est dommage de ne pas en profiter. Ne serait-ce que pour vous ! Franchement, ça pourrait servir votre combat, mais d'une autre façon !

— Tu crois ? as-tu seulement lâché, avec une moue

dubitative.

Après quoi, tu t'es resservi un verre de rouge pour te donner le temps de réfléchir.

— Bien sûr, ai-je poursuivi, encouragé. Aujourd'hui les gens feraient n'importe quoi pour retrouver les goûts d'avant. Le vrai goût de la tomate, de la courgette, de la fraise J'imagine le truc, ça pourrait être génial Il suffirait de présenter ça, je ne sais pas moi, dans du chouette papier recyclé, ou dans des petites cagettes en bois naturel... Ça ferait un carton auprès d'un cœur de cible bobo CSP + ! Tous ces urbains prêts à dépenser n'importe quoi pour du bio, du moment que c'est classe ! Le bio premium, c'est ça l'insight conso.

— Hein ?

— Pardon, l'attente du consommateur.

Ton expression ainsi que celle de Tania demeuraient un rien incrédules, mais non moins attentives.

— Mais, papa, ce que tu me décris, ça n'a rien de nouveau, c'est ni plus ni moins notre petit marché de la ZAD avec des gens qui viennent de Nantes remplir leur Tesla de produits frais.

— ... Et s'offrir une petite balade chez les chevelus, par la même occasion. C'est tellement exotique ! a gloussé Tania.

Je me suis rengorgé.

— Justement ! Moi aussi je vous parle de marché ! Mais pas de marché avec deux tréteaux et un parasol, de marché de consommateurs ! En plus grand, si vous voulez ! C'est là que l'image de marque entre en scène

— Ah, je vois, le marché au sens large. Le marché au niveau national, quoi.

— Oui, ou international, pourquoi pas ! « L'Internationale du local », pas mal pour des révolutionnaires !

J'étais tout fier de mon bon mot. Tania a souri. Tu es resté concentré, l'expression neutre, désireux d'en savoir plus.

— Mais ton image de marque... enfin, ta marque, là ça ressemblerait à quoi ?

J'ai fait semblant d'être pris au dépourvu.

— Je n'en sais rien... J'ai pensé à deux ou trois trucs, comme ça, vite fait. On pourrait imaginer une marque qui s'appellerait Made in ZAD, par exemple... Je vois bien un logo au pochoir, genre affiche de Mai 68, avec un poing qui brandit un poireau.

— Un poing avec un poireau ?

— Mais oui ! Comme dans une manif ! Et en dessous, une *base line* en lien : « Revendiquons le Bon. »

Vous vous êtes regardés, un peu interloqués. Tu as répété, comme pour t'en imprégner :

— « Made in ZAD. Revendiquons le Bon. »

— Voilà ! Ça sonne bien, non ? Grosse typo, logo qui se décline en multisupports, ça vit en 360, média, hors média, corners, marketing d'influence

— C'est vrai que ça sonne bien, a dit Tania prudemment.

J'avais une alliée. Je pouvais continuer. Ne me manquaient qu'un PowerPoint et des tableaux Excel.

— J'avais une autre idée qui vaut ce qu'elle vaut. Dans cette piste, le logo, c'est un chemin qui serpente au milieu de fruits et de légumes stylisés Un peu naïf, mais chic.

— Ah. OK.

— Nom de marque et signature décalée : « Zig ZAD. Le plus court chemin entre la terre et vous. » Pas mal, non ?

En activation points de vente, on peut imaginer des ateliers pour les enfants et leurs parents, avec distribution de flyers pédagogiques, petites démos faites par des animateurs habillés en salopette, dégustation de produits régionaux et tout le tralala.

— Tu as pensé à tout, dis donc...

— Un peu, mon neveu !

C'est Armande qui aurait apprécié l'expression. J'ai eu une pensée pour elle. Et pour sa fille. Puis je suis allé jusqu'au bout.

— Et attendez, c'est pas fini ! On peut même imaginer à l'avenir une sorte de label à apposer sur tous les produits conformes à vos critères en termes de bio, de provenance locale, d'authenticité : le label ZAD. Un truc hyperstrict, pas donné à tout le monde. Que pour les vrais de vrais. Ça rassure les *shoppers*, ils adorent ça ! Enfin, les consommateurs, si tu préfères.

Tu préférais. Tu t'es rencogné dans ton coin de canapé, pâle et pensif. Impossible de savoir ce que tu pensais de tout ça, ton expression demeurait absolument indéchiffrable. Mais comme tu restais muet, je m'en remettais à cette fameuse expression : qui ne dit mot consent.

— C'est sympa tout ça

Fausse joie. Ton regard a aussitôt démenti ton propos :

— et « Maraîchers, nous voilà ! », tu y as pensé ?

Là, j'ai compris que les anciennes maximes avaient besoin d'un coup de jeune. « Qui ne dit mot consent », mon œil. La suite m'a conforté dans cette intuition.

— Franchement, ça sonne pas mal non plus, tu trouves pas ? Dans le genre jeux de mots débiles ?

— Mais Niels...

— « Zig ZAD » Non mais franchement, n'importe quoi...

En un clin d'œil, ton expression entière s'était durcie. D'abord mi-figue mi-raisin, elle tournait clairement au vinaigre et le saumur n'arrangeait rien. Même Tania, jusqu'alors indulgente, me considérait à présent avec un visage sévère. Quant au chien, allongé le museau dans les pattes et peut-être en souvenir de son dernier bout de viande, il a levé un œil vers moi avec l'air de dire : « Sacrée boulette. » Ta voix m'a ramené à la réalité.

— C'est pour ça que t'es venu, papa ? Pour faire une étude de marché ? Lancer une nouvelle marque à la con ? Ça t'a pas suffi de te faire virer par ces connards ?

La sympathique tablée venait de se muer en tribunal. Tu m'as fixé comme si des scorpions et des crapauds m'avaient jailli de la bouche. L'incarnation du mal, le diable en personne ou, pire encore, un ex-pubard.

— Mais...

Rien de plus n'est sorti du box de l'accusé. À défaut de la tête, j'avais les jambes coupées.

— Mais quoi ? Tu t'es entendu, là ? « Marque », « conso », « *shoppers* », « cœur de cible », « premium », « profiter » Et puis cet anglicisme de péteux, là

— Insight ?

— Voilà.

— C'est comme ça qu'on dit, je n'y peux rien...

— Pas ici. Ici, on ne dit pas ça. On ne parle pas de ça. De toute cette merde. Ici, on essaie autre chose. À la limite, tu m'aurais parlé de citadins en quête de sens, prêts à vivre en communauté, à créer une nouvelle société, j'aurais pu l'entendre... Mais là, avec tes logos et tes CSP +, franchement, t'es complètement à côté

Zéro avocat pour me défendre, même commis d'office. Pour développer mes arguments, je ne pouvais compter que sur moi.

— Tu prends tout à la lettre ! Ce que j'en disais, c'était pour vous un moyen de

— Revenir dans le système.

— Non, mais de faire avec... d'en tirer le meilleur... d'exploiter une...

Exploiter. Que n'avais-je pas dit ? Tu as tranché.

— T'es pas guéri, papa.

— Hein ?

— T'es pas guéri. Je fume peut-être de l'herbe, comme tu dis, mais je me demande lequel de nous est le plus drogué des deux.

— Mais Niels...

— Je suis désolé mais je crois qu'on va arrêter là. Tu ne penses pas ? Pour cette fois, en tout cas. Le temps que...

— Que je me désintoxique ?

— On peut dire ça comme ça.

Ce disant, tu t'es levé du canapé pour regarder le ciel en me tournant le dos, malheureux et déçu. J'ai vu ta main droite se porter vers ton œil. Un moucheron, sans doute. Tania est venue à tes côtés et, sans un mot, a posé sa tête contre ton épaule.

J'étais effondré. Ainsi donc, nous avions eu beau battre la campagne côte à côte, bêcher la terre de concert, manger ensemble le fruit de notre travail et boire à notre santé ; croquer des lunes juteuses à pleines dents ; partir à la rencontre de chevaux de légende, de batraciens magiques et nous laisser aller dans le cours des jours, flûteaux nageants et heureux de l'être ; nous avions eu beau recoller un à un les morceaux de notre histoire et même rouler, cheveux au vent, dans une 4L immobile ce n'était pas assez. Sans doute avais-je l'air un peu groggy, car tu es venu t'asseoir à côté de moi.

— Papa, s'il te plaît fais pas cette tête c'est pas si grave, tu sais.

J'ai vu ton immense main posée sur mon genou, étoile de mer sur un rocher glissant. Tout n'était pas perdu, ni gâché. Tania s'est sentie de trop et nous a laissés seuls.

— Si, c'est grave, ai-je murmuré, toujours K.-O.

— Mais non...

Tu as poursuivi sur le même ton, sans rien de compatissant dans la voix, mais plutôt avec une sorte de fatalisme.

— Tu es de ta génération et moi de la mienne, voilà tout rien de nouveau sous le soleil Toi, tu as connu la fin des Trente Glorieuses, Pompidou, Giscard, la consommation et la réussite matérielle comme modèle les belles DS, tout ça... Grosses bagnoles, gros bateaux, belles nanas dans les spots de pub et mecs virils, la Marlboro au bec... La promesse d'un avenir enchanteur...

— Pas que. J'avais dix ans au moment du premier choc pétrolier.

— N'empêche, tout semblait pouvoir durer encore longtemps. On ne peut pas vraiment vous en vouloir.

— À moi non, j'étais un enfant. On était en 1974. Mais en haut lieu, certains auraient pu ouvrir les yeux. Quand on y pense, le rapport Meadows était sorti deux ans avant.

— Papa... trop de lobbies, trop de fric en jeu... Que pouvaient faire deux écologues clairvoyants face aux puissances de l'argent ? À part affirmer qu'ils avaient raison avant tout le monde ? L'inertie était trop importante. Tellement de requins se goinfraient, ça ne pouvait pas s'arrêter comme ça Alors les pays riches ont continué de danser sur un volcan. En gardant leurs anciens réflexes.

— Comme moi ! Encore aujourd'hui, tu vois...

Pour la première fois, il y a eu dans tes yeux quelque chose qui ressemblait à de l'indulgence.

— Comme toi, oui. Avec tes marques, tes « insights » et tes logos à deux balles. Mais tu n'as pas été le pire, va

— Si tu le dis...

— Je te le dis. Comme ton père avant toi, tu nous as toujours appris à ne pas gâcher, à ne rien laisser dans notre assiette... à ne rien jeter par terre, pas même un papier de bonbon. Et je t'entends encore pester contre certains de tes copains, incapables de renoncer à leur bagnole pour faire cinq cents mètres...

— Ah, tu t'en souviens ? Je leur disais : « Vous savez qu'il existe une invention géniale ? ça s'appelle le métro ! »

— Tu penses si je m'en souviens... Ça les faisait rire moyen...

— C'était ma petite contribution.

— Et entre nous, c'était déjà pas mal pour quelqu'un de ton époque !

— « De mon époque »... Faut rien exagérer... c'était pas le Moyen Âge, non plus...

— On n'en était pas loin quand même ! Mais je te le répète, tu n'étais pas le pire. Je vais même aller plus loin : si j'en suis là aujourd'hui, tu y es peut-être pour quelque chose, va savoir

— Hein ?

Tu as souri devant la tête que je faisais.

— Tu as l'air surpris...

— Non... juste flatté.

— Tu fais bien ! Ce que je veux dire, c'est que pour faire pousser une graine, il faut un bon terreau.

Je n'ai pas pu résister :

— Ah bon ? Même une mauvaise graine ?

— Évidemment ! Même les mauvaises graines ont besoin d'être semées.

— Et quand on sème, on ne compte pas...

C'était sorti naturellement. Court silence. Toujours cette habitude des jeux de mots inopinés. Souvent, ils te faisaient rire. Là, tu as eu l'air troublé, tu es devenu tout rouge et tu as fini ton verre précipitamment.

— Le problème, papa...

Ta voix avait blanchi. Tu as toussoté, pour gagner du temps.

— Le problème, c'est qu'on en est plus là. Trier ses déchets, économiser l'eau, prendre les transports en commun, scier les panneaux des promoteurs ou vendre des légumes bio aux bobos en trottinette, c'est sympa, mais ça ne suffit plus. Tu as vu ce qui se passe ? La terre brûle, la terre fond, on ne parle que d'ouragans, d'inondations, d'incendies, toujours plus puissants. Je ne t'apprends rien : depuis 1970, les deux tiers des animaux vertébrés ont été rayés de la carte. Les glaciers disparaissent, même au Groenland. Et ça ne s'arrête pas, loin de là. On continue à détruire, à forer, à assécher, à exploiter, à polluer, jusqu'à l'irréversible.

— Je sais...

— Je sais que tu sais. Mais le pire, c'est que, pendant le

massacre, les superprofits continuent. Avant, ça se passait loin de nous, ça nous faisait une excuse ! Aujourd'hui il fait quarante degrés en Bretagne, en France il n'y a plus d'eau dans les sols, le trait de côte recule et les falaises s'effondrent. Alors je te le demande, on fait quoi ? On attend l'apocalypse en roulant à l'électrique ? En regardant la forêt se consumer, les animaux crever ? Parfois, j'ai honte d'être un humain.

Tu avais tellement raison. Je n'étais peut-être pas le pire, comme tu l'affirmais gentiment, mais pour autant je ne savais plus quoi dire. Face à ce déluge, me soûler était une solution. J'ai vidé un verre de rouge. Cul sec, à mon tour. Me voyant chanceler, tu en as profité pour planter ta banderille.

— Faut renverser la table, papa. On n'a plus le temps, là. Toi qui te reprochais d'avoir trop composé dans ta vie, joué sur tous les fronts, eh bien je reprends tes mots : maintenant il faut « trancher », y aller franchement, carrément. Vous, vous pouviez encore croire aux évolutions douces. Nous, nous ne pouvons croire qu'à la révolution.

— À la révolution dure.

— Si tu veux. On n'a pas le choix, c'est comme ça. Faut réécrire l'histoire. Toi, encore, tu as ta vie, Anna, Hugo, ton boulot ou ce qu'il en reste… Moi, je suis une page blanche. Je peux tout réinventer, avec mes camarades. C'est ça, notre richesse. Même dans la boue. Même en haillons.

— Je t'admire…

— Faut pas. Je l'ai choisi. En fait, en vivant ici, je ne fais que prendre un peu d'avance sur ce qui nous attend après le grand effondrement annoncé : habiter dans des cabanes. Recycler. Pratiquer le troc. Vivre de sa production. Avec presque rien.

— Le retour à la vie primitive.

— Primitive, je ne sais pas… Ça sonne un peu péjoratif. Originelle, en tout cas. Ne te fais pas d'illusions, c'est ce qui va arriver ! Alors autant s'y préparer dès maintenant.

— Et en attendant, j'agis comment, moi ?

— Je n'en sais rien, papa. À toi de voir. Moi, ma façon d'agir, c'est de ne pas agir. D'alléger mon poids sur la Terre. De vivre en creux. D'être neutre, presque invisible, inexistant. De croire à la solidarité et au partage, sans emmerder personne. Ça paraît naïf, je sais, ça fait grands discours… Mais ça ne coûte rien de rêver.

— Tu dis ça, mais on a l'impression que c'est perdu d'avance…

— Pas sûr. Ce ne serait pas si compliqué de reprendre la main. Y a tellement à faire pour arranger les choses, là, tout de suite, maintenant. Assez facilement, en fait. Sans trop se bousculer. Sans se faire mal.

— Quoi, par exemple ?

— Je ne sais pas moi… Par exemple : depuis le Covid les gens veulent changer d'air. « La grande démission », le changement de vie, le retour à l'essentiel, on n'entend que ça. Même jusqu'ici. Y a plus qu'à ! En France, il existe plein de villages désertés, où on ne trouve plus ni commerces, ni école, ni poste, ni rien. Il suffirait de les réinvestir. De les retaper. De les connecter. De réinventer des communautés, où chacun joue son rôle. Cultive son jardin, au propre comme au figuré. Maraîchers, éleveurs, artisans, maître d'école, que sais-je, tout le monde y aurait sa place. Pour vivre simplement, avec moins, peut-être, mais heureux.

Avec ni plus ni moins d'impact que celui d'un pêcheur à la ligne quand il pêche, qu'un berger quand il mène son troupeau.

— Le vieux rêve des hippies… Ils avaient vu juste.

— Bien sûr qu'ils avaient vu juste. Et tout le monde s'est bien foutu de leur gueule. Mais maintenant, on ne peut plus dire qu'on ne sait pas. Alors on peut le faire revivre, cet idéal. Ça paraît fleur bleue, peut-être, et je m'en fous. Mais qu'est-ce que ce serait bien…

En même temps que tes paroles, je buvais du vin. Toi aussi. On descendait sec. La nuit venait. Nous avons trinqué, comme à notre habitude.

— À nos projets.

— À nos projets.

Tu m'as regardé droit dans les yeux.

— Tiens, d'ailleurs, papa… c'est quoi, les tiens ?

— Quoi donc ?

— Tes projets ?

— Là, tout de suite ? Finir cette bouteille et aller me coucher.

— Et après ?

— Repartir demain, mon grand. Pour Paris. Pour « guérir », comme tu me l'as dit, à juste titre. Et retrouver mes essentiels à moi : Anna, Hugo, les filles. Reconstruire ce que j'ai cassé. Pour plus tard, qui sait, prendre un nouveau départ. Mais avec eux, s'ils sont d'accord. S'ils veulent bien de moi. Et toi ?

— Je te l'ai dit : pour le moment, rester là, crado, chevelu, peut-être, mais sans peser sur rien. Revenir à la nature. Être le moins humain possible. Un courant d'air, un cours d'eau, un oiseau, un ver de terre, rien d'autre.

On a fait trop de mal.

— Et ensuite ?

— Prendre le camion qu'on retape, avec Tania, et voir s'il y a d'autres ZAD à implanter ailleurs. Ce ne sont pas les combats qui manquent. Bref, suivre le mouvement, si enfin on arrive, dans ce pays, à inventer autre chose.

— Une maison dans un village fantôme ?

— Pourquoi pas ? Tu viendras nous aider...

— Promis. En voisin, qui sait ? Avec Anna et Hugo. De temps en temps, je te taxerai deux trois tomates pour nous rappeler le bon vieux temps.

*

Le lendemain matin, après une bonne nuit, je suis donc reparti, mon sac sur le dos. J'ai remercié Tania, l'ai embrassée comme du bon pain artisanal. Elle m'a offert du fromage et un pot de miel, pour la route. Vaggy, lui aussi, a semblé triste de me voir partir.

De ton côté, tu as décidé de m'accompagner jusqu'aux limites de la ZAD. C'est étrange, mais ça m'a évoqué la scène de fin du tout premier film que j'avais vu, enfant, au cinéma : *Le Livre de la jungle.* Prémonitoire ! On y voit Bagherra et Baloo, cachés dans les feuillages à la lisière de la forêt. Tristes mais lucides, ils regardent leur protégé, Mowgli, « le petit d'hommes », rejoindre les siens. Une jeune villageoise, qui va remplir sa jarre dans la rivière, sourit au garçon. Eh bien moi, j'étais un peu comme Mowgli, à ce moment-là. Tu m'avais adopté dans ta jungle, il nous en avait fallu « peu pour être heureux », mais je devais repartir pour rejoindre mon monde et retrouver les miens. Et finalement, tout était bien.

Nous sommes arrivés au fameux check-point de la départementale 281. Un guetteur avait pris son quart dans son poste de vigie, à la cime du grand chêne. J'avais une sérieuse appréhension. Les voitures, les ronds-points, les centres commerciaux, tout cela m'était sorti de l'esprit depuis des semaines.

— Voilà… je vais te laisser là, papa.

— Ah, déjà ? Ok…

— Merci d'être venu. Et d'être resté. De m'avoir aidé. Franchement, je ne pensais pas que tu tiendrais tout l'été. T'es devenu un vrai zadiste…

— Presque… C'est à moi de te dire merci. De m'avoir accueilli comme tu l'as fait.

Nous avons baissé la tête, en même temps. Puis nous nous sommes balancés gauchement, dans le même mouvement. Ce genre de moment n'était pas notre fort. Comme souvent, tu as brisé le silence.

— Tu reviendras nous voir ?

— Plutôt deux fois qu'une. En hélico. Fortune faite avec *Zig ZAD*, ma future start-up florissante.

— Essaie un peu.

Il fallait écourter, l'émotion montait.

— Allez… je vais y aller… Encore merci pour tout, mon Niels. J'ai beaucoup appris. J'oublierai pas.

— Salut, papa. Reviens nous voir, tu seras le bienvenu. Embrasse pour moi Anna, Hugo et les filles. Il y aura toujours de la place pour vous. On se tassera un peu, c'est tout.

C'était tout, en effet. Et c'était beaucoup. Silencieux, nous nous sommes serrés fort dans les bras. J'ai repris ma marche, me suis retourné au bout de quelques pas, t'ai fait un signe, tu n'avais pas bougé. Puis j'ai disparu après le virage pour rejoindre la grand-route, bien décidé à revenir vite, bel et bien réparé. Certes, il me restait du chemin à faire. Mais celui que j'avais accompli vers toi n'était pas négligeable. Et ce n'était pas trop tôt. Sans doute avais-je enfin mesuré le prix de cette zone intime qui nous liait – cette zone sacrée qu'à présent, contre vents et marées, j'étais bien décidé à défendre.

Mis en pages par DV Arts Graphiques à La Turballe,
cet ouvrage a été achevé d'imprimer
par Firmin-Didot, groupe CPI,
pour le compte des Éditions Anne Carrière
57, rue Gaston Tessier – 75019 Paris
en XXXX 2023

Imprimé en France
Dépôt légal : XXXX 2023
N° d'édition : XXXXXX – N° d'impression : 0000